AF199062

Daphne und die Sonne

Eine uralte Geschichte von Liebe und Tod

Nicole Maron Oscamayta

Bibliographische Information der Deutschen Nationalbibliothek:
Die Deutsche Nationalbibliothek verzeichnet diese Publikation in der
Deutschen Nationalbibliographie, detaillierte bibliographische Daten
sind im Internet über http://dnb.dnb.de abrufbar.

Lektorat: Heidi Weiss, Li Hangartner
Korrektorat: Michèle Maron
Umschlaggestaltung: Nicole Maron Oscamayta, unter Verwendung von
Motiven von © Marina/stock.adobe.com, © Doozydo/stock.adobe.com
Satz, Illustration und Gestaltung: Nicole Maron Oscamayta
Herstellung und Verlag: BoD - Books on Demand, Norderstedt
ISBN: 978-3-750-42491-3

www.kollektiv-pacha.com I pacha@kollektiv-pacha.com

Zum Buch

Angesichts der globalen Krise stellen immer mehr Menschen in Frage, ob das rational-aufgeklärte Weltbild, das wissenschaftliche Zergliedern der Realität und der Versuch, die Mechanismen des Universums zu kontrollieren, tatsächlich zu wahrem Glück und zu echter Erkenntnis führen. Die Geschichte von Daphne versinnbildlicht diesen Bewusstseinswandel, indem sie die Mythen des griechischen Altertums – der «Wiege unserer Kultur» – mit der Weisheit indigener Spiritualität verbindet: Nicole Maron Oscamayta versetzt die antike Sage von Daphne und Apollo in einen neuen Kontext, in dem die Nymphe durch schamanische Praktiken das Mysterium ihres eigenen Wesens sowie die geheimen Zusammenhänge des Kosmos ergründet. Dabei gerät sie zwischen die Fronten zweier Kulturen und zweier Denkweisen, die gewaltsam aufeinanderprallen, personifiziert durch die beiden Sonnengötter Inti und Apollo. Ihr Weg ist gekennzeichnet durch die Auseinandersetzung mit den existenziellsten Themen des menschlichen Daseins: der Verbindung zur Erde, der Auseinandersetzung mit göttlichen Mächten, der Erforschung von Weiblichkeit und Männlichkeit, der Tragweite der Liebe und der Bedeutung des Todes. Dadurch wird Daphne zu einer Figur, die auch im Hinblick auf die politische, wirtschaftliche und soziale Schieflage des 21. Jahrhunderts zur Reflexion anregen und Alternativen aufzeigen kann.

Zur Autorin

Die Schweizer Journalistin und Autorin Nicole Maron Oscamayta (*1980) lebt und arbeitet seit 2017 in Bolivien und Peru. Die Schwerpunkte ihrer Arbeit sind umwelt- und sozialpolitische Themen wie Flucht und Migration, globale Gerechtigkeit, Dekolonisierung und Menschenrechte. Mit dem von ihr gegründeten Kollektiv Pacha setzt sie sich für solidarischen Journalismus und bewusst dekoloniale Publikationen ein. Nach der Flüchtlingsbiographie «Mutter, hab keine Angst» ist «Daphne und die Sonne» ihre erste Buchveröffentlichung zu einer philosophisch-spirituellen Thematik.   **www.maron.ch**

für Juan

Inhalt

VORWORT

Dieses Buch erscheint aus verschiedenen Gründen ausserhalb des klassischen Verlagssystems. Die Methode «Print on Demand» ermöglicht es nicht nur, den Verkaufspreis zu senken, sondern auch, nachhaltiger zu produzieren: Es wird keine Auflage auf Vorrat gedruckt, sondern nur auf Bestellung geliefert. Dies verhindert einerseits die unnötige Verschwendung natürlicher Ressourcen durch den Vordruck von Büchern, die vielleicht nie verkauft werden, und bricht anderseits mit dem Denkmuster, dass sich der Wert von Büchern an Verkaufspreis, Auflage und Bekanntheitsgrad des Verlags bemisst. Dies ist die Logik, nach dem das weltweite System von Wissensmanagement funktioniert, in welchem eine selbsternannte intellektuelle Elite darüber entscheidet, welche Art von Gedankengut der Öffentlichkeit zugänglich gemacht werden soll und zu welchem Preis. Dies gilt nicht nur für den Buchhandel, sondern insbesondere auch für den Literaturkanon der meisten universitären Fakultäten, der sich weltweit ausgesprochen selektiv und eurozentrisch präsentiert. Dies hat unter anderem zur Folge, dass ganze Wissensbereiche, die nicht dem rational-akademischen Weltbild entsprechen, nicht nur abgewertet, sondern oft auch unsichtbar gemacht werden. Mit dieser Kritik beziehe ich mich auf Mechanismen, denen eine sehr bewusste und effektive Steuerung des öffentlichen Bewusstseins durch Politik, Wirtschaft und andere Interessensgruppen zu Grunde liegt, und in keinster Weise auf die Verleger/innen, mit denen ich bei meinen bisherigen Publikationen zusammengearbeitet habe. Diesen möchte ich grossen Dank für das Vertrauen und die Unterstützung aussprechen, die sie mir entgegengebracht haben.

Mit «Daphne und die Sonne» bringe ich zwei Themenbereiche zusammen, die mein Leben und meine Arbeit seit vielen Jahren prägen: die kritische Auseinandersetzung mit globalen Zusammenhängen, welche ein weltweites System von Ungerechtigkeit und Ausbeutung aufrechterhalten, und die Beschäftigung mit der philosophisch-spirituellen Dimension des Lebens. Durch mein Leben in Peru und Bolivien hat sich mir ein sehr persönlicher und direkter Zugang zum indigenen Gedankengut der Anden und des Amazonas eröffnet. Dieses birgt eine uralte Weisheit, die für die ganze Welt von Bedeutung sein dürfte, denn sie macht die politische, wirtschaftliche und soziale Schieflage, in der wir uns heute befinden, nicht nur verständlich, sondern zeigt auch Alternativen auf. Es geht um grundlegende Fragen des menschlichen Zusammenlebens und des Umgangs mit Natur und Umwelt. Um gemeinsames Wirken statt um Wettbewerb und Konkurrenzdenken. Um den Weg weg von Vereinzelung und Abgrenzung hin zu Verbundenheit und Gemeinschaft, weg von Eifersucht und Individualismus hin zu Verbindlichkeit und Hingabe.

Der indigenen Weltsicht liegt eine ganz andere Logik zu Grunde als derjenigen der sogenannten Moderne – sie folgt anderen Wertvorstellungen und stützt sich auf andere Modelle, auch was Kenntnis und Erkenntnis betrifft. Durch schamanische Praktiken beispielsweise kann auf ganz andere Weise Zugang zu Wissen erlangt werden als durch den rationalen Intellekt, in dem die Industriegesellschaften feststecken. Zugang zu zeitlosem, unzerstörbarem Wissen, das in den Tiefen des Kosmos abgespeichert ist.

Von der Suche nach jenem Wissen erzählt dieses Buch. Von einer Frau, die an der Schwelle zwischen zwei Zeitaltern steht und sich gleichzeitig in mehreren Sphären, in mehreren Ebenen der Wirklichkeit bewegt. Für Daphne ist die Welt der griechischen Mythologie, der sie entspringt, genauso real wie das Universum der Inka-Gottheit Inti und die Seelenreisen, auf welchen die Schamanenpriesterin sie in ihr Inneres führt. Dabei gerät Daphne zwischen die Fronten zweier Kulturen und zweier Denkweisen, die gewaltsam aufeinanderprallen, personifiziert durch die beiden Sonnengötter Inti und Apollo. Ihr Weg ist gekennzeichnet durch die Auseinandersetzung mit den existenziellsten Themen des menschlichen Daseins: der Verbindung zur Erde, der Auseinandersetzung mit göttlichen Mächten, der Erforschung von Weiblichkeit und Männlichkeit, der Tragweite der Liebe und der Bedeutung des Todes. Dadurch wird Daphne zu einer Figur, die auch im Hinblick auf die globale Krise des 21. Jahrhunderts zur Reflexion anregen und Alternativen aufzeigen kann.

Nicole Maron Oscamayta
Puno (Peru), 24. Juni 2019

ARTEMIS

Die Schritte waren eigentlich nicht zu hören. Doch wenn sich das Blätterdach kurz vor der Abenddämmerung in sanften Wellen wiegte und sein raschelndes Lied sang, waren Daphnes Sinne hellwach. Wäre jemandem das Undenkbare gelungen, ihr Versteck aufzuspüren, um sie zu beobachten, hätte er denken mögen, sie habe sich der Umarmung Morpheus' hingegeben. Ihre Augen waren geschlossen, und ihr Körper schien von einer Ruhe durchflossen, die ihren Anblick vollkommen veränderte. Bei den seltenen Gelegenheiten, bei denen die Bewohnerinnen und Bewohner des grossen Waldes sie zu Gesicht bekamen, empörten sie sich nicht nur über ihre Verschlossenheit, die alles und jeden zurückzuweisen schien, sondern vor allem über ihre äusserliche Erscheinung. Während die anderen Nymphen stets in helle, glatte Stoffe gekleidet waren und ihre Haare zu kunstvollen Frisuren flochten, trug Daphne unter ihrem Kleid, das sie bis zu den Knien hochraffte, Stiefel, und ihre Haare sahen aus, als ob sie noch nie einen Kamm gesehen hätten, flüchtig zusammengerafft und von einem Band umschlungen, das offenbar nicht zum Schmuck diente, sondern nur verhinderte, dass das Haar ihr den Blick verdunkelte, wenn sie wie ein fliehendes Reh durch den Wald preschte.

Doch nun lag sie weit abseits von kritisch spähenden Augen in einem alten, weit ausladenden Wipfel und machte den Anschein zu schlafen. Ihre Züge waren ruhig und gelöst, und ihr Körper hob und senkte sich mit den mächtigen Atemzügen des Baumes. Doch Daphne schlief nicht. Während das letzte Licht des Tages und die rauschenden Blätterschatten ihre Augenlider durchdrangen, war ihr Blick auf eine Welt gerichtet, die fernab des Waldes lag. Wenn Daphne sich, wie sie es bei sinkender Sonne oft tat, ausstreckte und sich der harschen Zärtlichkeit der Baumrinde hingab, war es, als würden sich ihre Sinne schlagartig öffnen, und der Geruch von Harz und Blättern drang mit solcher Intensität auf sie ein, dass die laue Abendluft in ihrer Brust lichterloh zu brennen schien. Sie bewegte sich gleichzeitig in der zeitlosen Ewigkeit des Kosmos, in der nichts eine Form hatte und dennoch alles vollkommen war, und tief in der wechselhaften Gegenwart des Waldes, dessen Wesen in endlosen Spiralen aus dem Grund aufstiegen und wieder in ihn niedersanken, wie im immensen Rad der Fortuna.

Als sie die Schritte hörte, die eigentlich nicht zu hören waren, breitete sich unter ihrem Haar das kühle Ziehen aus, das Gefahr ankündigte, und sie richtete sich mit einer einzigen, geschmeidigen Bewegung auf, bereit, mit einem lautlosen Sprung auf dem Boden zu landen und Richtung Norden zu fliehen, wo die Hohen Höhlen lagen. Doch dann hörte sie ihre Stimme. Dies war nicht eine Gruppe jener leidigen Lustwandelnden, die sich da näherte, um die Ruhe des Waldes mit ihrem Geschwätz zu stören. Es war Artemis, die herrlichste

Göttin des Waldes. Daphne hielt inne, und statt zu springen, zog sie sich hinter einen Blätterball zurück, den nicht einmal der Blick der Göttin durchdringen würde – nur eine halbe Fingerbreite weit schob sie die grossen, pelzigen Blätter auseinander und verharrte in angespannter Erregung, während sich ihre Arme mit gefrorener Haut überzogen. Artemis ging dahin wie ein Hirsch, stolz, kraftstrotzend und voll gespannter Aufmerksamkeit. Anders als Daphne war sie von hohem Wuchs, und ihre entblössten Schultern und Arme waren straff und kräftig, ihr Gesicht von klaren, strengen Konturen geprägt, wie aus einem Marmorblock geschält. Obwohl sie ihre Rundungen mit Stolz zur Schau stellte, hatte ihre Erscheinung etwas Männliches. Ob es nur die harschen Züge waren oder ihr entschlossener Schritt, die Weise, wie sie einen Fuss vor den anderen setzte, weiter ausholend und härter aufprallend als jedes Weib, das Daphne je gesehen hatte? Oder war es ihre Stimme, die Art, wie sie sich an ihre Gefährtinnen wandte? «Wir lagern heute an der Lichtung der Hirschkuh?» Es klang wie eine Frage, war aber eine Anordnung. Die einzige, die darauf reagierte, war die Frau, die dicht an ihrer Seite schritt, fast so herrlich wie Artemis selbst, wenn ihr Gesicht auch etwas weichere und vollere Züge hatte. «Der angemessene Platz für unser Vollmond-Ritual.» Ihr Stimme hatte einen freundlichen Klang, fast wie ein Lied, und passte zu ihrem Lächeln. Bei ihren Worten schien eine erwartungsvolle Erregung die ganze Gruppe zu ergreifen, und die Frauen verfielen in einen schnelleren Schritt, wie beflügelt, um schneller an ihr Ziel zu kommen.

Daphnes Kehle zog sich zusammen vor Sehnsucht bei der Vorstellung, wie es wäre, in die geheimnisvollen Rituale des Gefolges eingeweiht zu werden. Eine Idee drängte sich in ihren Geist, die sie jedoch sofort und mit Heftigkeit von sich wies. Es war unmöglich. Auch wenn die anderen Waldwesen

Daphne nicht sahen oder hörten – dies war Artemis. Sie würde sie entdecken, töten oder in ein Tier verwandeln – so hatte sie es schliesslich auch beim anderen getan, bei jenem törichten Jüngling, der ihr beim Baden zugesehen hatte. Und seither war niemand mehr wahnsinnig genug gewesen, es zu wagen. Doch bevor sie wusste, was sie tat, glitt Daphne mit einer lautlosen Bewegung vom Baum und folgte der Gruppe, bebend vor Erregung und vor Fassungslosigkeit über ihren eigenen Frevelmut.

DIE VOLLMOND-NACHT

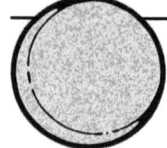

Sie warteten, bis der Mond aufging, und Daphne, hoch oben, hatte Zeit, sich das Gefolge genau anzusehen. Die Schöne an Artemis' Seite hatte eine ruhige, sanfte Wesensart, die in eigenartigem Kontrast zu deren Strenge stand, doch die beiden schienen innig miteinander verbunden. Daphne hatte davon gehört, dass eine gewisse Kallisto nie von der Seite der Göttin wich und diese sie neben sich duldete wie keine andere. Doch als die anderen mit dem Sammeln von Brennholz, dem Aufgiessen von Kräutern und der Kaninchenpirsch beschäftigt waren, führte Artemis Kallisto ein wenig vom Gefolge weg und kam direkt unter Daphnes Baum zu stehen, so dass sie jedes Wort hörte, auch wenn die Stimmen der beiden kaum lauter als ein Wispern waren.

«Schwester, auf ein Wort», sagte Artemis, und ihr Gesicht sah strenger aus als je zuvor, doch weder Furcht noch Erstaunen trübte Kallistos Blick, als sie Artemis direkt in die Augen sah. «Du hast mit einem Mann geliebäugelt, an jenem Tag am

Fluss», begann die Göttin, und die Strenge in ihrer Stimme vermischte sich mit beinah mitfühlendem Bedauern. «Zwar hast du dich sofort weggedreht, als seine Blicke dich geweckt haben, hast ihn harsch abgewiesen und bist nie wieder an die Stelle zurückgekehrt – doch ich habe deine Augen gesehen. Diesen einen Augenblick, in dem du zugelassen hast, dass seine Aufmerksamkeit durch deinen Körper floss. Den Augenblick, in dem du dich, nur einen Atemzug lang, gefragt hast, wie es wohl wäre, dich seinem Werben hinzugeben, zu sehen, wohin es dich tragen könnte. Ich weiss», fuhr Artemis fort und machte eine Bewegung, als ob sie Kallistos Arm berühren wollte, zog ihre Hand aber nach einem kurzen Zögern zurück, «ich weiss, dass du die Gemeinschaft niemals aufgeben und eher sterben würdest, als den Schwur zu brechen. Aber deine Schwäche kann nicht nur für dich, sondern für uns alle lebensgefährlich werden. Ich fordere dich auf, im Namen aller, dass du sie nicht abstreitest, nicht versteckst und nicht verdrängst, denn dann gewinnt sie erst recht Macht über dich. Schau ihr in die Augen wie der Jagdbeute, hab sie klar im Blick, und dann: Zerstöre sie.»

Das letzte Wort verhallte, und das Schweigen, das folgte, erfüllte die Nachtluft mit einer dichten Schwere. Kallisto atmete tief ein. «Du hast Recht, Schwester, und ich will tun, was du sagst – nicht, weil du es gebietest, sondern weil ich mir selbst nichts sehnlicher wünsche, als taub zu werden für das Flüstern Narzissens an meinem Ohr. Doch für uns Sterbliche ist dies ein schwerer Kampf. Deine göttliche Kraft allein ist stark genug, um das männliche Unheil ohne die kleinste Verfehlung von dir fernzuhalten.» Diesmal berührte Artemis Kallistos Arm tatsächlich, wenn auch nur flüchtig, und blickte die Gefährtin eindringlich an. «Es ist nicht meine göttliche Kraft, die das Unheil von mir fernhält. Gewiss kämpfe ich, wie alle, viele Kämpfe, doch dies ist keiner davon. Ich will dir etwas anvertrauen, doch du wirst dieses Wissen tief in deinem Herzen bewahren. Als ich geboren wurde, war meine Mutter Leto einem üblen Verfolger ausgesetzt. Durch die Pein und die Wirrungen ihrer Flucht geriet während der Geburtswehen durcheinander, was die Alten das kosmische Gleichgewicht nannten, und mein Wesen vermischte sich mit dem meines Zwillingsbruders Apollo. Ein Teil von ihm drang hinab bis in die Tiefe meines Seins, und ein Teil von mir verankerte sich auf ewig in seinem Wesen. Bis zum heutigen Tag trage ich ein Stück männlichen Geistes in mir, und jegliche Art von Schmeichelei lässt mich vollkommen unberührt – ich hege nicht den geringsten Wunsch nach Vereinigung.» Daphne presste die Hände vor den Mund, und als sie ihre eigene Entgeisterung in Kallistos Gesicht widerspiegelt sah, begriff sie, dass dies ein Geheimnis war, das die Göttin bis zu diesem Tag mit niemandem geteilt hatte. «Und Apollo?», fragte Kallisto heiser. Artemis schwieg einen Moment lang. Daphne befürchtete, dass sie die Frage nicht beantworten würde, und war erschrocken, wie brennend die Antwort sie interessierte, obwohl sie bisher noch nie auch nur einen Gedanken an Apollo verschwendet hatte. «Bei meinem Bruder ist das Gegenteil der Fall. Er ist der Sklave seiner Leidenschaft, und es gibt wohl kein Weib, dem er nicht nachstellt.»

Als die Dämmerung in die Lichtung einfiel und vom Horizont aus ihre dunklen Strahlen durch den Wald warf, wandte Daphne ihren Blick von Kallisto ab und beobachtete das Zerfliessen des Lichts mit einer Zärtlichkeit, die ihr Inneres mit einem lauten, aber unhörbaren Summen erfüllte. Der Duft des abendlichen Zirpens hüllte sie ein wie die Verheissung ungeahnter Kraft und unendlicher Freiheit. Als der Mond über die Baumwipfel stieg und seinen Schein auf die Lichtung hinabfliessen liess, setzten sich die Frauen in einem Kreis auf den Boden. Die Tempelpriesterinnen sagten, das blasse und trotzdem lichtspendende Strahlen des Mondes habe Heilkräfte, und tatsächlich sahen die Gesichter der Frauen milder aus als bei Tag – sogar aus Artemis' Zügen war die Strenge gewichen. Daphne, in ihren Anblick versunken, zuckte zusammen, als die tiefe, klare Stimme der Göttin die Luft durchschnitt. «In dieser Nacht, liebe Schwestern, beginnt ein neuer Zyklus, und wir wollen uns daran erinnern, dass wir dem Kreis der Jahreszeiten, dem Gang der Sterne und dem Wechsel der Gezeiten unterworfen sind, die nicht einmal die Göttlichen aufhalten können. Wie es zu Anbeginn der Zeit bestimmt wurde, verfügen wir über eine Kraft, die unsere Brüder und Väter nie gekannt haben. Für sie sind die Zyklen der Natur nur abstrakte Abschnitte des Lebens. Sie können sie zwar sehen, doch nicht mit den Augen der Seele, denn ihr Inneres atmet nicht wie das unsere im Einklang mit den Schwingungen von Mutter Erde. Dies verleiht uns eine Macht, die bedeutender ist als alles, was selbst Zeus vermag. Kein Gott kann die gewaltige Kraft, die die grosse Gaia in sich birgt, in ihrer ganzen Tragweite erfassen. Er nimmt zwar wahr, wie sich der Sprössling im Herbst in die Erde zurückzieht, um im Frühling wieder mit neuer Kraft aus ihr hervorzubrechen, doch die Schmerzen dieser Wandlung kann er genauso wenig fühlen wie ihre Erhabenheit. Doch wenn wir nicht Acht geben, werden wir diese bedeutendste unserer Gaben vergessen. Wenn der Tag kommt, an dem wir sie nicht mehr zu ehren wissen, wird sich die Erde in Trauer und Enttäuschung in sich selbst zurückziehen. Die Böden werden austrocknen und die Samen, die sich im zehnten Monat in ihrem Bauch zu regen beginnen, werden verdursten und zerfallen. Die Bäume werden vergebens nach Atem ringen und die Tiere müde werden, das Wasser wird sich aus den Flüssen und Bächen zurückziehen, die Menschen werden am Salzwasser der Meere verdursten, und die Göttinnen werden diesen Ort verlassen. Der Tag scheint fern, liebe Schwestern, doch der Fall aller Wesen ist von jeher vorbestimmt. Und doch: So lange wir am festgesetzten Tag zusammenkommen und das Ritual der Reinigung vollziehen, um zu Beginn des neuen Zyklus unsere Kräfte zu erneuern, so lange, liebe Schwestern, besteht Hoffnung. Es ist kein Zufall, dass die Menschen den zehnten Monat nach mir benannt haben und an dem Tag, an dem ich den Mond in den höchsten Zenit des Himmels führe, ein grosses Opferfest feiern. Doch auch dies werden sie vergessen, wie alle Weisheit, die aus alter Zeit stammt.»

Daphnes ganzer Körper war mit gefrorener Haut überzogen, sie reichte hinauf bis über ihren Halsrücken und umschloss ihren Kopf, und wieder verspürte sie ein kaltes, saures Ziehen. Obwohl sie noch nie von solchen Dingen hatte reden hören, war es, als würden Artemis' Worte sie an etwas erinnern, das sie vor langer, langer Zeit vergessen hatte. Als mit einem Schlag Bewegung ins Gefolge kam, fuhr Daphne zusammen. Artemis war aufgesprungen und lief den anderen voran zum Fluss. Sie blieben einen Augenblick lang am Ufer stehen, dann legte eine nach der andern ihre Kleider ab, schritt langsam zur Stelle, an der sich das Mondrund auf der Wasseroberfläche spiegelte, und wusch sich dort, langsam und bedächtig, von Kopf bis Fuss. Der blasse, silberne Schimmer liebkoste die nackte Haut der Badenden und überzog sie mit einem Mantel der Erhabenheit, der ihnen auch noch anhaftete, als sie wieder aus dem Wasser stiegen und sich am Ufer schweigend ankleideten.

Als sie sich wieder im Kreis versammelt hatten, neigte sich der Mond schon der Richtung zu, in der der Morgen lag. Doch Artemis und ihre Gefährtinnen schienen nicht die geringste Müdigkeit zu verspüren, und erneut richteten sich alle Blicke erwartungsvoll auf ihre herrliche Anführerin. Artemis legte den Kopf in den Nacken und richtete ihre Augen zum Mondrund, als ob sie ein stilles, geheimes Gespräch mit ihm führen würde. Keine der Frauen sagte ein Wort oder wandte ihren Blick von Artemis ab, und Daphne tat es ihnen gleich. Auch sie war hellwach und von einer atemlosen Vorahnung erfüllt, dass die Enthüllungen der Nacht noch nicht vorüber waren. Tatsächlich war die Geschichte, die Artemis nun erzählte, beinah unfassbar, und auch wenn sie von einer fremden, fantastischen Welt kündete, von der Daphne noch nie gehört hatte, zweifelte sie nicht einen Augenblick lang an ihrer Wahrheit.

•

DIE AMAZONEN

Auf der anderen Seite der Welt lebt eine Gemeinschaft, die der unseren in vielem ähnlich ist. Auch sie schliesst den lebensfeindlichen Geist des Mannes aus ihrem Leben aus, wobei ihre Tugenden, genau wie die unseren, von den Unwissenden als männlich betrachtet werden: Furchtlosigkeit, Selbstbestimmung, körperliche und geistige Kraft sowie Kampfgeist. Doch einmal pro Jahr lassen sie sich auf die Vereinigung mit dem Mann ein, damit einige von ihnen Nachkommen zeugen und so die Gemeinschaft frisch erhalten. Die Neugeborenen werden aussortiert, und alle männlichen Kinder zurück zu ihren Vätern geschickt, um ihr restliches Leben fernab von der Gemeinschaft zu verbringen. Sie nennen sich Amazonen, nach dem gewaltigen Strom, an dessen Lauf sie leben und an dessen Kraft sie sich ein Beispiel nehmen. Er zieht sich über eine Länge von mehr als 250 Tagereisen quer durch ein riesiges Reich, in dem mehr als tausend verschiedene Völker leben, und entspringt auf einem von Eis überzogenen Berg, der fast doppelt so hoch ist wie der Olymp. Er nimmt an Stärke zu, während er bis zum Meer hinunterfliesst, durch Wälder, in denen die Luft so heiss und so schwer ist, dass die Bewegungen all seiner Wesen gebannt werden, wenn die Sonne im Zenit steht. Verborgen in der Tiefe dieser Wälder leben die Amazonen, und um ihre heiligen Stätten nicht preiszugeben, greifen sie jeden an, der in ihre Gefilde einzudringen versucht. Dies hat ihnen den Ruf eingebracht, erbarmungslose Kriegerinnen zu sein, die sich sogar die rechte Brust abschnitten, um den Bogen besser spannen zu können. Doch weit davon entfernt, ihre Weiblichkeit auf derart grausame Weise zu verstümmeln, leben sie in inniger Verbundenheit mit der weichen, feuchten Erde und gehen bei jedem Mondstand mit blossen Füssen umher, da der Boden in diesem Land sich nie mit Frost überzieht. Doch auch in den höchsten Höhen, wo der Amazonas-Fluss aus dem Erdinnern quillt, leben Völker, die mit Gaia so tief verbunden sind wie es zu Anbeginn der Zeiten alle Wesen waren. Sogar die Männer seien dort wie Frauen, sagt man, ehrten die Erde und ihre Zyklen mit heiligen Zeremonien und sprächen mit Geistern und Gottheiten, die Steine, Flüsse und Bäume mit Kraft erfüllen. Sie sollen die Nachfahren der Söhne sein, die von den Amazonen vor abertausenden von Jahren aus der Gemeinschaft fortgewiesen worden waren und sich entlang des Flusslaufs niedergelassen haben, von der höchsten Höhe bis zur tiefsten Tiefe. Es heisst sogar, alle Völker der Erde, Menschen und Gottheiten, stammten von ihnen ab und würden tief in ihrem Wesen das Wissen der Amazonen und ihrer Söhne bewahren, das heilige Wissen des weiblichen Geistes, das jedoch mit jeder Generation und mit der fortschreitenden Entfernung vom Mutterfluss immer mehr in Vergessenheit gerät.

DER TEMPEL-
HÜGEL

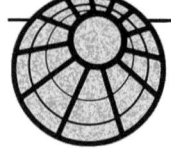

Langsam stieg sie durch das hohe Gras, bahnte sich einen Pfad. Sie mochte diesen Weg nicht, der auf den Hügel führte – sie mochte den Hügel nicht. Die Sonne stach fordernd in ihrem Nacken, um sie Schritt für Schritt daran zu erinnern, dass sie ihr ausgeliefert war. Ohne das schützende Blätterdach des Waldes, das die Sonne in tanzende Splitter zerteilte, kreiste eine angespannte Unruhe durch Daphnes ganzen Körper. Die langen Gräser peitschten gegen ihre Beine und hinterliessen ein raues Gefühl von Trockenheit. Die Wiese raschelte und zirpte im Wind – ein Geräusch, das Daphne zuwider war. Jedes Mal, wenn sie am Waldrand stand, durchzuckte sie das Widerstreben wie eine Warnung. Die einzige Macht, die sie dazu brachte, den Wald zu verlassen, war die Gemeinschaft der Erdpriesterinnen. Ihr Gang zum Tempel folgte, genauso wie der der anderen Nymphen, keiner Regelmässigkeit, keinem Sonnen- oder Mondstand. Sie wusste einfach, wann es an der Zeit war, und dann gab es weder Weigerung noch Aufschub. Doch der erste Schritt hinaus ins offene Feld fühlte sich an wie ein Akt höchster Unvernunft, als ob sie ihr Leben in die Hände einer fremden, feindlichen Macht legen würde. Und im nächsten Moment, wenn sich ihre Silhouette ganz aus dem Leib des Waldes gelöst hatte, versetzte ihr die Sonne einen so gewalttätigen Schlag auf den Kopf, dass sich ihr Blick in einem – wenn auch nur sekundenlangen – Schwindel trübte. Ihr ganzer Körper war von einer lähmenden, furchteinflössenden Schwere erfüllt, und die Dumpfheit, die auf ihrem Kopf sass wie ein schweres Gewicht, vernebelte all ihre Gedanken und Bewegungen, bis sie den Gipfel erreichte und in den Schatten des Tempels eintauchte.

Seit sie den Stein zum ersten Mal berührt hatte, wusste sie, dass ihm ein Wunder innewohnte. Der Tempel stand am höchsten Punkt des Hügels, da, wo die Sonne am erbarmungslosesten brannte, doch seine Säulen, sein Boden und sein Altar waren zu jeder Tageszeit von einer so sanften Kühle durchflutet, dass Daphne sofort ihren ruhigen Atem, ihren klaren Schritt und ihre runden Bewegungen wiederfand, wenn sie in ihn einging. Marmor nannten sie den Tempelstein, und schon als kleines Mädchen hatte es sich für sie wie ein Zauberwort angehört: Marmor. Er war so weich anzufassen, dass sie ihre Hände wie magisch angezogen wieder und wieder über die weichen Rundungen der Säulen gleiten liess, und die erhabene Heiligkeit des Ortes ging in ihren Körper über, noch bevor sie sich vor der Priesterin verneigt und ihr Opfer dargebracht hatte. Gleichzeitig schlicht und ohne den geringsten Anschein von Prunk war dieser Ort von solch atemberaubender Erhabenheit, dass Daphne sich in der Säulenhalle winzig klein fühlte und sich gleichzeitig der strahlenden Einzigartigkeit ihrer Existenz bewusst wurde. Der Tempel war kreisrund, und über den Köpfen der Säulen wölbte sich eine Kuppel, in deren Mitte sich eine grosse Öffnung auftat: das Himmelsauge. Wenn es regnete, füllte sich der Tempel mit Wasser, durch das man knöcheltief watete, bis es abgeflossen und in den Wiesen des Hügels versickert war. Doch wenn die Sonne ihre Strahlen durch den Himmel wob, erlaubte ihr das heilige Wesen, das dem Tempel innewohnte, die Zeitspanne einer genau festgelegten Zeremonie lang, direkt auf den Altar unter der Öffnung hinunterzuscheinen, um die frischen Opfergaben mit Kraft und Licht zu durchdringen. Dann wandte sie sich mit einer Verneigung ab, und wer zu dieser Stunde in den Tempel trat, wurde mit dem heiligen Atem des Windes durchdrungen, der aus den Weiten des Kosmos herabwehte. Wayra nannte ihn die Priesterin, den göttlichen Atem des Universums, der durch alle Wesen hindurchfloss, bis in die Tiefe ihrer Seelen drang und sie am Leben erhielt. Wayra hatte die Macht, Wasser, Feuer und Erde zu bewegen, und durch ihn war alles miteinander verbunden – Menschen, Gottheiten, Tiere, Pflanzen, Steine und Sterne, auch die, die schon lange nicht mehr lebten oder noch nie gelebt hatten. Als Daphne den Namen zum ersten Mal gehört hatte, hatte sich ihr ganzer Körper mit gefrorener Haut überzogen, auch wenn ihr nie jemand hatte erklären können, was er wirklich bedeutete – denn Wayra war eine jener Kräfte, deren Wesen man nicht begreifen, sondern nur fühlen konnte. Doch im Tempel waren Begreifen und Fühlen eins, und Daphne spürte, wie Kraft und Stille in ihr aufgingen wie der volle Mond. Im Tempel war sie gleichzeitig Alles und Nichts, denn hier vereinigten sich alle Empfindungen des Universums zu einem einzigen, grossen Gedanken.

Der Tempel war das höchste Heiligtum des Waldes. Draussen rauschten die Bewegung, das Leben und die Geschwindigkeit, die Daphne so liebte, doch hier ruhte die Wahrheit. Die Wahrheit, die keine Farbe, kein Geräusch und keinen Duft hatte, sondern einzig aus Stille bestand. Die Wahrheit, die keiner Veränderung wich, die Wahrheit, die selbst über das Schicksal und die Parzen erhaben war, eine nie versiegende

Erkenntnisquelle, die sich aus dem Innersten des Universums ergoss. Mit Ehrfurcht, aber hoch aufgerichtet, legte Daphne ihre Gaben auf den Altar nieder: Früchte des Waldes, wohlduftende Blätter und heilende Kräuter. Dann trat sie zurück, während die Priesterin mit dem Räuchern begann und Worte der Beschwörung sprach. Daphne atmete tief ein und aus und liess sich von den weissen, duftenden Schwaden des Räucherwerks tragen, die sie einhüllten, liess zu, dass sie sie weit weg führten, denn hier war sie in Sicherheit.

Mit weiten, kräftigen Bewegungen schwamm sie durch den Fluss. Sie spürte keinen Druck in der Brust, der sie nötigte, aufzutauchen, und hielt die Augen geöffnet, ohne dass sie schmerzten. Das Wasser war so klar, dass sie die glatten, runden Steine auf dem Grund sah, obwohl der Fluss tiefer war als der Peneios. Nein, dies waren nicht die Gefilde ihres Vaters, und dennoch liess sie sich ohne Furcht oder Zweifel immer weiter flussabwärts treiben. Die Wellen strichen über ihre Haut wie feinstes Tuch, kleideten sie mit wertvollen Gewändern ein, die sie zu einer Herrscherin, zu einer Göttin machten. Als sie den Kopf aus dem Wasser hob, fand sie sich in einem lichten Wald wieder. In einiger Entfernung ragte eine kleine Halbinsel in den Fluss hinein, auf der eine Gruppe von Frauen stand und auf Daphne wartete. Sie trugen lange weisse Gewänder, die in grossen, weichen Falten hinabfielen und an der Hüfte von einer goldenen Gürtelspange zusammengehalten wurden. Die Haare trugen sie zu kunstvollen Knoten hochgesteckt, und Daphne schien es, als hätte sie sie vor langer Zeit einmal gekannt, obwohl sie ihre Gesichter nicht sehen konnte. Als würden sie sich ihr entziehen, trübten sich ihre Augen jedes Mal, wenn sie sie anzuschauen versuchte. Sie fassten Daphne an den Händen und halfen ihr über die Uferböschung, kleideten sie an und flochten ihre Haare. Ohne im Fluss ihr Spiegelbild zu suchen, wusste sie, dass sie jetzt eine von ihnen war.

«Komm», sagte die Schwester, die zu ihrer Rechten stand, und nahm sie an der Hand. Der Pfad, der sich von der Waldlichtung aus zum Fluss hin öffnete, schien erst in dem Moment zu entstehen, in dem sie ihn betraten, und obwohl Daphne nicht wusste, wohin sie die Gefährtin führte, war es gewiss, dass sie sich dem Ort näherte, der ihr bestimmt war.

Nach kurzer Zeit erschien zu ihrer Linken ein grosser Felsen. Daphne sah eine Höhle, in der eine alte Frau in einem grossen Kessel rührte, der auf dem offenen Feuer stand. Als sie nähertraten, begrüsste sie Daphne und ihre Gefährtin mit einer stillen Verneigung, und sie grüssten zurück, ohne ein Wort mit ihr zu wechseln. Daphnes Gefährtin überreichte der Alten eine grosse, schwere Kornähre, die diese mit einer Dankesgeste annahm und Daphne bedeutete, aus dem Kessel zu trinken. Daphne verstand nicht, was sie sagte, und blickte zu ihrer Gefährtin. «Sie spricht eine uralte, vergessene Sprache», sagte diese nur. Daphne streckte langsam beide Hände aus und nahm das Gefäss entgegen, das aus einem grossen Blatt gefaltet war. Die Heilerin bedeutete ihr, den Becher in einem Schluck auszutrinken, und ohne zu zögern tat Daphne, was sie tun musste. Obwohl der Trank über dem Feuer gesiedet hatte, hinterliess er ein angenehm kühles Gefühl in ihrer Kehle. Wieder begann die Heilerin zu sprechen, in kugelförmigen Worten, die wie grosse, schillernde Blasen um sie herum zu schweben schienen. «Du sollst das Blatt mit der feuchten Seite auf diejenige Stelle deines Leibes legen, die wund ist», sagte Daphnes Gefährtin. Daphne faltete den Becher auf, und griff, ohne darüber nachzudenken, unter ihr Gewand, um das Blatt direkt auf ihr Herz zu legen. «Das ist eine weise Entscheidung», sagte die Alte, und Daphne wusste nicht, ob sie nun ihre, Daphnes, Sprache sprach, oder ob sie gelernt hatte, die Alte zu verstehen. «Mein Herz ist nicht krank», wollte Daphne erwidern, aber es gelang ihr nicht. «Das Pumpen des Blutes», fuhr die Alte fort, «spürt man immer da, wo eine offene Wunde klafft. Und du bist heute gekommen, um sie dir anzusehen.» Daphne schüttelte den Kopf, aber nur in Gedanken. Sie war nicht verletzt. Aber unter dem Blatt, das auf ihrer Brust klebte, spürte sie ihr Herz schlagen. Die Alte deutete zur linken Seite der Höhle, und obwohl sie in tiefem Dunkel lag, wusste Daphne, dass ihr Weg dort begann.

Als sich das Dunkel lichtete, sah Daphne ein Geflecht aus Dornenästen vor sich, einen hohen, dichten Zaun mit scharfen Klingen und spitzen Stacheln, den zu überwinden sie das Leben gekostet hätte. Daphnes Inneres zog sich zusammen – der Zaun war das Bedrohlichste, das sie je gesehen hatte, und ihr Herz unter dem Blatt begann so heftig zu schlagen, dass ihre ganze Brust schmerzte. Und dann sah sie die Frau. Sie blutete am ganzen Körper, und weinte, weinte um ihr Leben, als sie sich über die Wiese schleppte, weg vom Zaun. Sie kroch auf allen Vieren, während sie immer schwächer wurde, und liess eine Spur schweren, dicken Blutes hinter sich zurück, das langsam in der feuchten Erde versickerte. Daphne wusste, dass sie in wenigen Minuten sterben würde – nicht, weil sie es sah, sondern weil sie es fühlte. Weil sie diese Frau war. Weil es ihr eigenes Blut war, das aus den tödlichen Wunden strömte. Sie fürchtete sich nicht vor dem Tod, und das laute Weinen, das ihre Kehle wie Schreie zerriss, war nur der wortlose Ausdruck ihrer Verzweiflung über den unverzeihlichen Verrat, den sie an sich selbst begangen hatte. Das Einzige, was sie jetzt noch spürte, war der brennende Wunsch, an den Waldrand zu gelangen. Da gesellte sich zur Kraft der Bäume, die in gewaltiger Stille dastanden und auf sie warteten, plötzlich eine Kraft in ihrem Inneren, als sie eine helle Stimme sagen hörte: «Du bist frei.» Als ihre Hände das feuchte Unterholz spürten, liess sie sich erschöpft, aber mit einem Lächeln sinken. Sie wusste, dass sie verblutete, aber sie hatte keine Schmerzen mehr. Sie war zu Hause.

Daphne wusste, dass sie sich umdrehen musste, auch wenn sich alles in ihr dagegen wehrte. Sie musste wissen, was hinter dem Zaun lag. Im nächsten Augenblick sah sie das Haus – gross, herrisch und aus rotem Backstein. Sie erinnerte sich. Eine Welle von Liebe durchflutete sie, und im nächsten Augenblick eine Welle von Angst. Es war das Haus ihrer Gefangenschaft. Das Haus, in dem er sie festgehalten hatte. Ihr Mann, den sie so sehr geliebt hatte, dass nichts anderes mehr von Bedeutung gewesen war, ihr Mann, dem sie sich bedingungslos unterworfen hatte. Und die Worte der Alten fielen wie glühend heisse Steine in ihre Erinnerung hinein, bis es zischte und sie sich vor Schmerzen wand. Ihr Herz war eine offene Wunde. Ein Schnitt ging mitten durch sie hindurch, ein Schnitt, der tiefer war als die Wunden, an denen sie am Waldrand verblutet war. Doch dieser Schnitt verströmte nicht nur tödlichen Schmerz in ihrem ganzen Leib, sondern auch eine unaussprechliche Sehnsucht. Es hatte eine Zeit gegeben, in der dieser Schmerz das Einzige gewesen war, das sie am Leben erhalten hatte.

Festmahle hatte es gegeben in diesem Haus, und Daphne hatte mit funkelnden Steinen bestickte, bodenlange Kleider getragen, als sie wie die Herrscherin eines gewaltigen Reiches in den herrlich geschmückten Saal getreten und den Platz an seiner Seite eingenommen hatte. An die Zeit vor der Begegnung mit ihm konnte sie sich nicht erinnern, als ob er alles ausgelöscht hätte, alle Erinnerungen, in denen er nicht vorkam. Bis sie ihn kennengelernt hatte, hatte sie ohne Wasser gelebt, und als sie ihn zum ersten Mal gesehen hatte, war sie gewahr geworden, dass sie Durst hatte. Sie war durch eine Wüste gewandelt, ohne es zu wissen, bis er vor sie hingetreten war mit einer Karaffe voll Wasser und einem Laib Brot. Bis zu diesem Tag hatte sie nur den Geschmack von Sandkörnern gekannt, auf der Zunge, in der Nase, in den Lungen, tief, überall.

Er hatte ihre inneren Landschaften mit einem einzigen Blick ergründet und sie durchwatet, ohne Fragen zu stellen, an ihren tiefsten, dunkelsten Stellen. Doch das Schlimmste war nicht, dass er sie gefangen hielt und quälte. Das Schlimmste war, dass er sie bannte. Dass sie, egal was er tat, nicht aufhören konnte, ihn zu lieben. Und Liebe war nicht mehr die Summe aller zärtlichen Gefühle, sondern die Summe aller heftigen Gefühle: Hass, Zorn und Verzweiflung. In den Wochen und Monaten seiner wortlosen Abwesenheit hatte sie stundenlang am Fenster ihres Turmes gesessen und zugeschaut, wie sich die Wipfel im Wind hin und her geneigt hatten, hatte dem Rauschen von Ästen und Blättern gelauscht, bis sich in ihr die harten Kugeln der Sehnsucht zusammengeballt hatten. Dann hatte sie angefangen, ihm Briefe zu schreiben, nächtelang, um sie am nächsten Morgen zu verbrennen. Briefe, in denen sie erkannt hatte, dass ihre Liebe ein Tanz auf dem Vulkan war, und ihr Bann einzig und allein in der Qual lag. Briefe, in denen sie ihn noch unausweichlicher geliebt hatte als in den wenigen Nächten, in denen er bei ihr lag.

Unsere Liebe ist ein Tanz auf dem Vulkan. Wir tanzen ihn zusammen, kurz vor dem Ausbruch, kurz bevor die Geister aufhören, Schatten zu werfen – wir tanzen. Tanz der Betäubung, nur kein Hineinhorchen in die Zeit. Wir sehen nicht hin, sehen nicht die Welt verbrennen, wir tanzen und halten die Augen fest geschlossen. Der Feuerregen um uns berührt uns nicht, wir scheinen unsterblich, wir verspüren keinen Schmerz. Tanzen über glühende Steine, mit nackten Füssen, schreiten durch Lavaströme, tief bis zu den Knien, und alles perlt an uns ab, wir tanzen. Wir brennen die Brücken hinter uns ab, doch die Geister verschwinden lautlos, ohne uns beim Namen zu nennen. Ist die ganze Welt nur ein Traum und unser Tanz die erste Wahrheit, sind wir die letzten Wesen im Universum oder ist das erst der Anfang, erwachen wir, wenn wir die Augen öffnen, oder war die Flucht in den Feuerkreis das letzte Urteil? Es ist ein Tanz auf dem Vulkan, wir tanzen ihn zusammen, kurz vor dem Ausbruch. Aber wer wird sich verbrennen, du oder ich? Es gibt keine Sieger, es gibt keine Helden – du brennst, ich brenne, lichterloh. Doch es sind die abgebrannten Felder, die Felder, deren Halme bis zum Grund des Stiels niedergetrampelt wurden, welche die wahre, reiche Ernte tragen, die schwarz verkohlten Böden, genährt durch die Asche von Jahrhunderten. Unsere späte Blüte steht in Feuer und in Tränen, während die Welt um uns herum kahl geworden ist, und wenn wir schwere Ähren vollen Kornes ernten, wird niemand da sein, um sie zu sehen.

Als sie zurück in die Höhle kam, blickte die Heilerin sie lange an. Liess ihre Augen langsam in sie einsinken, tiefe, dunkle Augen vollkommener Ruhe, ohne ein Blinzeln – ohne sie erforschen oder befragen zu wollen, ohne etwas von ihr zu fordern. Daphne war wie betäubt von den Bildern, durch die sie gegangen war, und wankte leicht, als sie auf die Alte zuging. Als sie nur noch wenige Meter von ihr entfernt war, streckte sie ihr eine kleine Tonschale entgegen. «Nur ganz wenig», sagte sie warnend, mit einer tiefen, kehligen Stimme. «Bei Unerfahrenen kann Heiltinktur wie Gift wirken, denn sie ist stark. Heilung bedeutet Wandlung.» Daphne nahm die Schale und trank. Im nächsten Augenblick durchzuckte ein unerträglicher Schmerz all ihre Glieder und verschloss ihre Brust. Ihr wurde schwarz vor den Augen, und sie sah wilde Gestalten durcheinander rennen, grosse aufgerissene Raubtiermäuler, die brüllten und zubissen. Doch als ob nur ein kurzer, greller Blitz aus einer anderen Welt in ihren Geist hineingefahren wäre, war nach einer Sekunde alles vorbei, und Daphne fühlte sich seltsam stark, geschmeidig und glatt wie ein Puma.

DIE HOHEN HÖHLEN

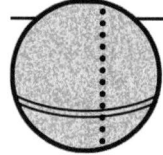

Sie stand vor ihr. Stand da, ohne sich zu bewegen, ohne etwas zu sagen, und schaute ihr direkt in die Augen. Daphne spürte, wie ihr ganzer Körper sich in Anspannung zusammenzog, kurz vor dem Losschnellen, doch der Sprung blieb in ihren Muskeln stecken. Die andere strahlte eine Sanftheit aus, die Daphne lähmte. Sie konnte ihren Blick nicht aus ihren Augen reissen, aus diesen Augen, die liebevoll waren wie weit geöffnete Arme, gross und rund, auch wenn es Daphnes eigene Augen waren und sie deutlich fühlte, dass ihr Blick zusammengekniffen, scharf und misstrauisch war. Sie war unfähig, sich zu bewegen, selbst als die andere langsam auf sie zukam. Eine wellenförmige Betäubung breitete sich hinter Daphnes Stirn aus, ging langsam und dickflüssig von der Stelle zwischen ihren Augenbrauen aus und floss wie Honig durch ihren ganzen Körper, und entgegen allem, was sie je gewusst, gedacht und geglaubt hatte, fühlte sie sich in ihrer Gegenwart geborgener als je zuvor, und eine gewaltige Sehnsucht erfüllte sie. Wenn sie doch nur immer bei mir bliebe, dachte sie, während ihr

Blick die Züge der anderen sanft streichelte – die kleine Narbe am rechten Nasenflügel, den dunklen Fleck auf dem Wangenknochen, die feinen Linien, die sich von den Aussenspitzen ihrer Augen aus verästelten wie kleine Bäume. Ihre Umarmung war so unerwartet, so ungestüm, dass Daphne sich in sie ergab wie in einen lang ersehnten Schlaf. Auch wenn sie sie nie zuvor gesehen hatte, wusste sie, dass sie seit dem Anbeginn allen Seins nicht einen Augenblick lang von ihrer Seite gewichen war. Es war sie selbst, die sie da in den Armen hielt, auch wenn sie an einem ganz anderen Ort und in einer ganz anderen Zeit lebte. Sie kam aus der Zukunft und aus der Vergangenheit, denn da, wo sie sich trafen, war alles eins.

Daphne lief los. Die Hohen Höhlen waren fast eine Laufstunde von dem entfernt, was Daphne insgeheim als das Getümmel bezeichnete. Ihre Grotte lag hoch auf einem Felsen, der mitten im Wald aufragte wie eine Wand, die Menschen, Tiere und Gottheiten zur Umkehr zwang. Es war, als ob der Wald, als ob die Welt an diesem Felsen endete. An seinem höchsten Punkt entsprang eine Quelle, und direkt darunter erstreckte sich eine runde, geräumige Höhle in den Fels hinein – Daphnes Grotte. Von unten war die Öffnung nicht zu sehen, die Sonne spiegelte sich in den tausenden von Tröpfchen, die am Felsen zersprangen und den Regenbogen einfingen, und blendeten das Auge. Die Grotte lag so hoch, dass nur die Kronen einiger besonders alter und weiser Bäume bis zu ihr hinaufreichten. Nachts breiteten sich die Sterne über ihr aus und kamen ihr so nah, dass sie ihrem Wispern zuhören konnte, dessen sie nie müde wurde, obwohl sie nicht verstand, was sie erzählten – Orion, der Puma und der Grosse Bär.

Niemand konnte sich daran erinnern, ob die Quelle schon dagewesen war, bevor Daphne in diesem Felsen gehaust hatte, am wenigsten sie selbst. Ihr Vater nannte den kleinen Strom

Daphne, seit sie denken konnte, und ob er ihn nach ihr benannt hatte oder sie nach ihm, machte für sie keinen Unterschied. Doch die Quelle war nicht nur Daphnes Zuhause, sie barg auch ein Geheimnis, das sie nicht einmal mit ihren Schwestern teilte: Ihr Wasser hatte Heilkraft. Wenn sie Wermutkraut aufgoss, um die Monatsschmerzen ihrer Schwestern zu lindern, sagten sie, dass Daphne heilende Hände hätte, weil die Medizin nicht halb so stark wirkte, wenn eine andere Nymphe sie zubereitete. Dabei lag es einzig an ihrem Quellwasser, das die Gabe hatte, die Heilkraft des Mondlichts in sich aufzunehmen.

Als Daphne die Felsenstufen zu ihrem Nest erklommen hatte – Stufen, die nur sie sah, weil sie schon so oft ihre Fussspitzen auf ihnen abgesetzt hatte – und in ihrer Grotte sass, ging ein Aufatmen durch ihren ganzen Körper. Sie setzte sich auf den schmalen Felsvorsprung vor der Höhle und lehnte sich an die Steinwand, deren Kühle durch den Stoff ihres Gewandes drang und sie gleichzeitig an tausenden von winzig kleinen Punkten berührte, ihr ein körniges Muster in ihre Haut drückte, hart und spitzig, das mit einem Gefühl von wohligem Schmerz in ihren Körper eindrang. Daphne schloss die Augen und atmete tief ein und aus, ihre Lider fühlten sich schwer und träge an, als sich die Pforten zur Welt des Waldes allmählich verschlossen. Das wallende Rauschen der Blätter schwoll an, wurde zu einem Brausen, verwandelte sich in gewaltige, mächtige Wellen, die hoch über Daphnes Kopf zusammenschlugen und sie verschwinden liessen, dann ebbten alle Geräusche ab und sie hörte nur noch ihren eigenen Atem. Hörte, wie er von den Innenhöhlen ihrer Nase in kleinen, wilden Wirbeln nach unten kräuselte, bis er im grossen Tempel in ihrer Brust ankam. Ihre Brüste hoben und ihr Bauch wölbte sich, um die heilige Luft tief in sich aufzunehmen, die die Bäume ausatmeten. Ein Gefühl von

Leichtigkeit und Glück durchflutete sie, und sie hatte eine unbestimmte Ahnung, dass das Gurgeln des Wasserlaufs ihr etwas zuraunte. Es klang wie ein verheissungsvolles Versprechen und umspülte sie noch, als sie sich schlafen legte, gurgelte kichernd bis in ihre Träume hinein.

INTI

Am nächsten Morgen sah sie den Mann. Wie ein Blitzbündel durchfuhr sie der Impuls, sich mit einer schnellen Bewegung in ihre Grotte zurückzuziehen, hinter das schützende Blendewerk des Wasserfalls, bevor er zu ihr hochsah. Doch sie blieb sitzen, regungslos, und starrte zu ihm hinunter. Ein wenig ungelenk sah er aus, ganz anders als die straffen, muskulösen Halbgötter, von denen ihre Schwestern schwärmten. Diese hatten sich inzwischen daran gewöhnt, dass sie Daphne gar nicht erst danach zu fragen brauchten, was sie von diesem oder jenem Jüngling hielt, denn mehr als ein erstaunter Blick oder ein Schulterzucken war von ihr nicht zu erwarten. «Man könnte meinen, du weisst gar nicht, von wem wir sprechen», hatte Larissa einmal zu ihr gesagt, und im nächsten Moment waren ihre Augen riesengross und kugelrund geworden. «Du weisst es tatsächlich nicht!» Und Daphne hatte laut gelacht, als alle sie ungläubig angestarrt hatten. «Nein, keine Ahnung! Ist etwa nicht nach jedem Vollmond ein anderer in Mode?»

Darauf versessen, Daphnes Eigenartigkeit einen Grund unterzuschieben, hatten die Bewohnerinnen und Bewohner des Waldes eine Weile lang geraunt, dass Daphne eine andere Mutter hatte. Doch Peneios waren keine klaren Worte zu entlocken gewesen. Er konnte wie kein anderer in verschlungenen und mäandrierenden Sätzen sprechen, die voller Weisheit zu sein schienen, während man ihm zuhörte, doch wenn man später darüber nachdachte, was er eigentlich gesagt hatte, schien es nicht mehr gewesen zu sein als das Plätschern des Flusses, der ohne Ziel und ohne Ende vor sich hinrollte. Er habe sich, so hiess es, in kurzer, aber heftiger Leidenschaft mit Gaia verbunden, nur ein einziges Mal, und kurz danach habe Gaia Daphne zur Welt gebracht. Aus ihrem tiefen, dunklen Leib, mitten aus dem fruchtbaren Reich der Erde heraus sei sie entsprungen, die Nymphe Daphne, doch bei ihrem Vater Peneios aufgewachsen, der sich erst danach mit Krëusa vermählt und mit ihr sieben weitere Töchter bekommen habe.

Der Gedanke, dass sie das Wesen der heiligen Gaia in sich trug, erfüllte Daphne mit Stolz. Doch gleichzeitig gab es ihr das Gefühl, eine grosse Verantwortung zu tragen: Mit allem, was sie tat, musste sie sich diesem Erbe würdig erweisen. Sie konnte es sich nicht leisten, dass ein Mann sie von dem ablenkte, was sie tun musste, und die Vorstellung, sich auf ewig zu binden, löste in Daphne eine Angst aus, die sie nicht einmal ihrem Vater erklären konnte. Peneios hatte Daphne mehr als einmal mit Sorgenfalten auf seiner alten Stirn zum Gespräch gebeten, was ihre Zukunft anging, wie er es nannte. Als ihre jüngeren Schwestern angefangen hatten, sich Männer anzusehen, und einige sogar schon Verbindungen eingegangen waren und Kinder bekommen hatten, hatte Peneios nicht mehr ignorieren können, worüber inzwischen der ganze Wald geraunt hatte: Daphne lebte immer noch allein. Und obwohl sich die Gespräche ihrer Schwestern immer häufiger um dasselbe Thema gedreht hatten, war sie sprachlos gewesen, als Peneios ihr die Frage zum ersten Mal gestellt hatte. Sie hatte immer das Gefühl gehabt, dies sei eine Angelegenheit, die nur andere betraf. Über die sie sich keine Gedanken zu machen brauchte. Die in ihrem Leben einfach keine Bedeutung hatte.

Sie hatte nicht die richtigen Worte gefunden, um ihrem Vater zu erklären, warum der Gedanke an eine Vermählung ihr unvorstellbar, ja geradezu absurd erschien. «Du schuldest mir einen Schwiegersohn», hatte er gesagt, «du schuldest mir Enkel.» Und als sie vor Erstaunen nicht gewusst hatte, was sie erwidern sollte, hatte er ihr offenbart, dass bereits mehrere Bewerber um eine Vermählung mit ihr gebeten hatten, einige davon von guter Herkunft und schönem Aussehen. Daphnes Gesicht hatte zu glühen begonnen, und sie hatte nicht gewusst, ob vor Scham oder vor Ärger. Doch sie hatte das Aufwallen innert Sekundenschnelle unterdrückt. Sie hatte gewusst, dass sie nur eine Chance hatte, um ihren Vater zu überzeugen. Mit schmeichelnden Armen hatte sie sich an seinen Hals gehängt und gesagt: «Allerliebster Vater, ich bitte dich, gewähre mir, was auch der allmächtige Zeus seiner Tochter Artemis gewährt hat: Ewige Jungfräulichkeit.» Peneios hatte sie lange angeschaut, dann tief aufgeseufzt und gesagt: «Ich will es dir gewähren, meine liebe Tochter, doch deine Schönheit macht es deinem Wunsch nicht leicht, erfüllt zu werden, und deine Gestalt leistet deinem Verlangen Widerstand.» Tatsächlich hatte Peneios das Thema nie wieder angesprochen, und Daphne war ihm unendlich dankbar dafür. Denn ein Leben mit einem Mann, das hätte bedeutet, nie mehr frei durch den Wald laufen zu können. Stets hätte sie zu bedenken gehabt, was er gerade tat und wo er war, sich zu fragen, ob er zu Hause auf sie wartete.

Wenn der Abend besonders lau war und sie am Flussufer einschlief, auf einem der Moosbeete, die so gut im Unterholz verborgen lagen, dass niemand sie sah, und das Gurgeln des Peneios sie in einem sanften Schlaf wiegte, hätte sie daran denken müssen, ihrem Mann einen Boten zu schicken, damit er sie nicht vermisste. Schlimmer noch, vielleicht hätte sie ihn einladen müssen, die Nacht mit ihr zu teilen? Doch wie hätte sie die Geräusche des Waldes hören sollen, wenn er neben ihr atmete? Wie das Gefühl der Erde in sich aufnehmen, wenn ihre nackten Füsse sich tief in sie eingruben und zu Wurzeln wurden, sich verzweigten und den Tau aus der Erde tranken, der sich nachts in ihren Bauch zurückzog? Denn diese Dinge geschahen nur in der Stille. Nur wenn sie lang genug ihren schweigenden Pfaden gefolgt war, begann sich etwas in ihr zu öffnen und liess das Unfassbare einströmen. Es war ein Duft von unsichtbaren Blüten, der sich so machtvoll und plötzlich ausbreitete, dass ein Gefühl von Schwindel sie erfasste. Ein Licht, das sich von allen Seiten gleichzeitig über sie ergoss. Ein Knistern in der Luft, das man nicht hören, sondern nur fühlen konnte – es überzog Daphnes ganzen Körper und sammelte sich in den Innenflächen ihrer Hände, so dass sie Bäume, Steine und Wasser spüren konnte, bevor sie sie berührte. Wenn Daphne zu viel Zeit im Getümmel verbrachte, ging das Unfassbare verloren. Je mehr sie sprach, desto weniger hörte sie – denn sie hörte das Wesentliche nicht mehr.

Und nun stand da dieser Mann im Becken unter ihrer Höhle. Das Wasser reichte ihm bis zu den Hüften, und seine Hände spielten mit der Wasseroberfläche. Immer wieder liess er sie über die Wellen streichen, die Daphne an diesem Tag sanfter, milder schienen als je zuvor. Das Wasser umspülte seinen schmalen Körper, und die aufspritzenden Tropfen schienen seine weiche, dunkle Haut zärtlich zu liebkosen, während seine grossen, schwarzen Augen in eine unbestimmte Ferne gerichtet waren. Irgendetwas an ihm schlug Daphne in ihren Bann – die ruhigen Bewegungen seiner Hände mit den langen, kräftigen Fingern, seine schmalen Lippen, die dunkel waren wie das Holz der Baumleiber und nicht im Entferntesten den rötlichen Mündern glichen, die ihre Schwestern sinnlich nannten. Seine dichten, schwarzen Haare fielen ihm in die Stirn, auf der sich zwei tiefe, steile Falten eingegraben hatten, die bis zu seinen Augenbrauen hinunterreichten. Sein Gesicht war ganz anders geschnitten als das der immer rundlich wirkenden Halbgötter. Er hatte hohe, markante Wangenknochen, die ihm ein stolzes Aussehen verliehen, und starke, ernste Augen, die keinen Zweifel daran liessen, dass er bei den Gelagen der Olympischen genauso wenig verloren hatte wie bei den Vergnügungen der Lustwandelnden. Daphne hatte noch nie ein Wesen gesehen, das ihm glich, doch er sah genau so aus, wie sie sich die Menschen in jenem Land vorstellte, von dem sie Artemis hatte erzählen hören – dem Land der Amazonen, in dem die Menschen auf eine Weise mit Bäumen, Bergen und Flüssen verbunden sein sollten, die für die Bewohner der Peloponnes keinen Wert mehr hatte, seit man von Universitäten und Wissenschaften sprach.

Der Anblick dieses fremdartigen, wunderbaren Wesens löste warme, zitternde Impulse in Daphnes Brust aus, die sich wellenförmig in ihrem ganzen Körper ausbreiteten. Sie stellte sich vor, wie er reagieren würde, wenn sie von ihrer Quelle hinabsteigen und sich ans Flussufer setzen würde. Und bevor sie den Gedanken zu Ende gedacht hatte, sah sie sich, als ob sie aus ihrem Körper herausgetreten wäre, hinabsteigen und ins Wasser gleiten, während sie gleichzeitig immer noch fest auf dem Felsvorsprung sass. Sie wollte sich zurufen, komm zurück, noch hat er dich nicht gesehen! Doch es war zu spät. Er hob seinen Kopf, und als er sie erblickte, kaum einen Steinwurf von sich entfernt, erstarrte er und wich kaum merklich zurück. Daphne blickte ihm direkt in die Augen. Sie stand da und schaute ihn an, ohne auch nur die geringste Angst zu verspüren. In seinem Blick lag eine vorsichtige Zurückhaltung, und dies löste ein seltsames Gefühl von Macht in ihr aus, das sie nicht kannte – als ob sie über magische Kräfte verfügte, wie Medusa, von der man sagte, dass sie mit ihrem Blick bannen konnte. Langsam liess sie sich tiefer ins Wasser gleiten und stützte sich an den Ufersteinen ab, ohne ihren Blick von ihm zu lösen. Er stand unbeweglich da, mit einer Hand halb erhoben über dem Wasserspiegel. «Komm ihm nicht zu nah, du machst ihm Angst!», hörte Daphne eine warme, aber eindringliche Stimme sagen – eine Stimme, die ihr so vertraut vorkam, dass sie der Anweisung sofort Folge leistete und sich in einiger Entfernung auf einen Stein am Ufer setzte. Ihr Gewand klebte an ihrem Körper, und die Sonne, vom nassen Stoff angezogen, überzog sie mit einem warmen, felligen Gefühl.

Im nächsten Moment waren der Mann und Daphnes Doppelgestalt verschwunden, und der Felsvorsprung kam ihr härter und spröder vor als sonst; ihre Knie fühlten sich wund an vom langen Sitzen. Sie untersuchte lange und gewissenhaft die kleinen Punkte, die die Steinchen in ihre Haut gedrückt hatten. Sie schlief unruhig in dieser Nacht, schreckte immer wieder hoch und schaffte es nicht ein einziges Mal, in einem Traum zu verweilen. Als sie ein erstes Anzeichen von Röte in der Luft sah, durchrieselte sie ein Gefühl, das sie gut kannte, und erst in diesem Moment merkte sie, wie sehr sie ihn vermisst hatte: den Ruf des Tempels.

Diesmal hiess die Priesterin sie Platz hinter dem Altar nehmen – etwas, was sie noch nie getan hatte. Daphne hatte Angst, dass sie nicht in der Lage sein würde, sich der heiligen Zeremonie mit der gleichen Leidenschaft hinzugeben wie sonst. Denn in ihrem Kopf schwirrten Bilder durcheinander, die sie weder anzusehen noch zu verbannen vermochte – Bilder dieser Mannsgestalt, die ihr am Vortag am Bach begegnet war. Dabei war sie überzeugt, dass das Heiligtum sie gerade deshalb gerufen hatte – um sie mit der nötigen Vehemenz daran zu erinnern, wer sie war und welches Leben ihr bestimmt war. Doch als die weissen Schwaden der Priesterin sie davontrugen, immer höher hinauf, und sich in einen Adler verwandelten, der sie auf seinem Rücken trug, war ihr Geist offen und frei wie immer. Sie kreisten eine Weile lang über einem gewaltigen Wald, der sich so weit erstreckte wie ihr Auge reichte, und dessen Dach dichter und von einer kräftigeren Farbe war als die Wälder ihrer Heimat. Wunderbare, unbekannte Düfte stiegen aus ihm auf, und Vogelstimmen, wie Daphne sie noch nie gehört hatte, zirpend wie Grillen, langgezogen und schnurrend wie Raubkatzen, kullernd wie Wassertropfen, die über eine Felswand hinabperlten. Daphne schloss die Augen und sog das Unbekannte in sich auf wie eine Verheissung.

Fast hatte sie sich von den ruhigen, weiten Kreisen ihres Fluges in einen leichten, angenehmen Sommerschlaf wiegen lassen, als sich der Adler plötzlich in einen entschlossenen Sinkflug stürzte. Mit einem krachenden Geräusch brachen sie durch die Baumkronen, und im nächsten Moment stand Daphne mitten in einer verschlungenen Landschaft, die ihren Atem stocken liess. Es ging eine Kraft von diesem Ort aus, die sie innerhalb eines einzigen Herzschlags durchdrang. Da ragten Bäume auf mit einem so gewaltigen Umfang, dass sie sie nicht einmal zur Hälfte zu umfassen vermochte. Ihre Wurzeln lagen nicht in der Erde verborgen, sondern zogen sich an den Stämmen empor und überragten Daphnes Kopf, hielten einander fest umschlungen, wanden sich wie Schlangen in wilden Zopfmustern empor bis zu den Wipfeln. Da waren Blumen, deren Köpfe die

Form von Vögeln und von Löwen hatten und in blendenden, fast grellen Farben von den Bäumen und Büschen strahlten. Andere streckten langgezogene, schmale Kelche von sich, an denen Schmetterlinge und kleine Vögel mit langen, spitzen Schnäbeln hingen, um zu trinken, während sie ihre hauchdünnen, farbverzierten Flügel so langsam auf- und zuklappten, als ob der Nektar sie in einen seligen Rauschzustand versetzt hätte, in dem sie sich selbstvergessen wiegten.

Daphnes Haut summte und prickelte, als dieser unbekannte Wald sie in sich aufnahm, und ihre Schritte wurden schneller, sie flog zwischen den Bäumen hindurch und hörte, wie sie laut lachte, jubelte. Es mussten Äonen über Äonen vergangen sein, seit sie zum letzten Mal hier gewesen war – so lange, dass sie sich nicht mehr daran erinnern konnte. Dann, plötzlich und ohne Vorwarnung, gaben die Bäume eine kreisrunde Lichtung frei. Daphne blieb einen Augenblick lang im Schatten stehen und sah zu, wie das weiche, hohe Gras sich im Wind hin und her wiegte – eine Wiese, die ganz anders war als das Gras auf dem Tempelhügel, benetzt mit der Feuchtigkeit des Waldschattens. Dann sah sie ihn. Er ging über die Lichtung, mit langsamen, bedächtigen Schritten, von einer sanften Ruhe erfüllt und in sich selbst versunken, mit ausgestreckten Armen und weit geöffneten Händen, mit denen er über die Gräser strich. Daphnes Atem stockte, als sie ihn an eben dieser Bewegung wiedererkannte – genau so hatte er die Oberfläche ihres Baches liebkost, als ob er so Verbindung aufnehmen würde mit allem, was sich in die Erde hinein erstreckte – Wurzeln, befruchtende Rinnsale und die Samen neuen Lebens. Wie es wohl wäre, ihm erneut gegenüberzutreten, fragte sich Daphne, hier, auf dieser von Stille durchdrungenen Lichtung fernab von ihrem anderen Leben? Und kaum hatte sie es gedacht, löste sich eine Gestalt aus dem Schatten des gegenüberliegenden Waldrandes. Ein weiteres

Mal stockte ihr Atem, und ein schmerzhaftes Ziehen dehnte ihre Brust. Sie sah deutlich, dass sie es selbst war, die sich ihm da näherte, oder die andere, die aus der Zukunft gekommen war – doch diesmal gelang ihr nicht, was am Tag zuvor am Bach ganz selbstverständlich geschehen war: Sie konnte sich nicht in die Gestalt hineinversetzen, die dem Mann nun entgegenging und ihm direkt in die Augen blickte. Sie spürte eine unkontrollierbare, sinnlose Eifersucht in sich aufsteigen und wünschte sich, sie hätte die andere eingesperrt, statt sie zu umarmen. Denn sie sah immer noch schöner aus als sie selbst, kräftiger, gewandter, selbstbewusster, und die Anziehung, die sie auf Daphne auslöste, würde bestimmt auch ihn in Bann schlagen. Tatsächlich wich er nicht vor ihr zurück – vor ihr nicht. Daphnes Herz begann, sich schmerzhaft zu winden, als sie zusehen musste, wie er langsam auf sie zuging und seine Hände von den Gräsern abliessen, um sich ihr entgegenzustrecken. Sie sprach nur ein einziges Wort: «Inti.» Dann verloren sie sich in einer Umarmung, mit einer Selbstverständlichkeit und einer Hingabe, die Daphnes Innerstes erschütterte. Es lag kein Zweifel darin, keine Frage, keine Erwartung. Es war nur die Wiedervereinigung zweier Wesen, die äonenlang ihrem einsamen Weg durch den Kosmos gefolgt waren, um sich nun in diese seit Unendlichkeiten ersehnte Begegnung zu ergeben, die nicht einen einzigen Morgen früher hätte erfolgen dürfen. Es war einer dieser Momente, die nur alle Ewigkeiten einmal aufblühten und in dem sich zwei Kräfte, die die Spannweite des ganzen Universums in sich vereinten, so nahe kamen, dass sie danach wieder Millionen von Sonnenkreisen lang auf ihren eigenen Pfaden wandeln mussten, jede für sich, um einander nicht zu versengen. Als sie sich von ihm löste, noch immer ohne ein Wort zu sprechen, und langsam zurück in ihren Wald schritt, erhob sich der Adler und brachte Daphne zurück zum Tempel. Sie blieb wie betäubt sitzen, und die Priesterin wusch ihr Gesicht mit einem Tuch, das von einer

Flüssigkeit durchtränkt war, die Feuer in ihren Augen entzündete, bis ihr flammende Tränen über die Wangen liefen.

In den folgenden Tagen ging Daphne im Wald umher wie in einem Traum. Das Rauschen und Brausen, die Melodien der Vögel und das Rascheln im Unterholz, das sie so gut kannte, fügte sich zu einer gewaltigen Musik zusammen, zu einem grossen Wiegen und Klingen, das aus der Tiefe der Erde und aus den Weiten des Universums zu kommen schien. Sie fühlte sich von einer unaussprechlichen Ahnung durchflossen, als ob sie ganz dicht davor gewesen wäre, das grosse Geheimnis zu ergründen, das wahre Wesen aller Dinge, die tiefste Essenz der Welt. Doch schon bald wich dieses Hochgefühl einer Unruhe, die sie bald in die eine, bald in die andere Richtung laufen liess, ohne zu wissen, was sie trieb, bis sie ratlos und stocksteif stehenblieb. Als sie endlich bei der Grotte ankam, kostete es sie einige Mühe, den Felsen zu erklimmen. Mit verzweifelter Heftigkeit liess sie sich auf dem Felsvorsprung zu Boden fallen, drückte den Rücken an den Stein und schloss die Augen, presste sie mit Gewalt zu, als sie unruhig flatterten, doch hinter ihren Lidern stellte sich keine Ruhe ein. Auch am nächsten und am übernächsten Tag gelang es ihr nicht, sich mit sich selbst zu verbinden, und nicht einmal die Bäume und der Bach schienen mehr mit ihr zu sprechen. Dann, ganz plötzlich, begriff sie, was ihr zielloses Herumirren bedeutete. Die Erkenntnis durchzuckte sie wie ein Blitz, und einen Moment lang wollte sie abstreiten, dass es wahr war: Sie suchte ihn. Die Panik, die in ihr explodierte, als sie dies realisierte, war so wild, dass sie ihr nicht einmal mit Laufen entfliehen konnte. Die Priesterin, dachte sie, der Tempel, trostspendend, heilversprechend. Doch im nächsten Moment wurde ihr klar, dass es nicht an ihr war, dies zu entscheiden. Der Tempel hatte sie nicht gerufen, und niemand konnte die heiligen Hallen betreten, wenn es die Gottheit nicht für notwendig erachtete. Und obwohl ihre Sehnsucht Tag für Tag drängender wurde, wies ihr niemand den Weg. Sie hatte vergessen, wo der Tempel lag. Sie ging den Waldrand in allen Himmelsrichtungen ab, um den Hügel zu finden, zu dem sie ihre Füsse bisher immer ohne Zögern getragen hatten. Doch es schien, als sei er aus der Welt verschwunden oder hätte nie existiert.

Als es Nacht wurde, fand sich Daphne mitten auf der grossen Lichtung wieder. Der Vollmond stand schon fast im Zenit und war grösser, heller und näher, als Daphne ihn je gesehen hatte. Artemis blickte ihr direkt in die Augen, und ihre Stimme war streng und durchdringend wie immer. «Vor langer Zeit lebte in diesem Wald eine Nymphe, jung, schön und ehrgeizig wie du. Ihr Name war Arethusa. Auch sie war Hüterin einer Quelle, und auch in ihrem Fluss erschien eines Tages, ungebeten und impertinent, ein Flussgott. Da sie sich zum Bad angeschickt hatte, war sie bereits entblösst, als sie bemerkte, dass Alpheios sie wie gebannt anstarrte. Aber anders als du, Daphne, liess sie sich keinen Augenblick lang von der Schwärmerei betrügen, sondern ergriff sofort die Flucht. Doch Alpheios verfolgte sie bis in den Süden des Waldes und war so dicht hinter ihr, dass sie in ihrer Verzweiflung mich um Hilfe anrief. Um sie für immer zu befreien, verwandelte ich sie in eine unterirdische Quelle, die sich ihren Lauf tief unter dem Meeresgrund grub und erst auf der Insel Ortygia wieder an die Oberfläche sprudelte, am Fuss des Tempels von Demeter und Persephone, denen ich sie zum Schutz anempfahl.» Daphnes Inneres zog sich zu einem harten Ball zusammen. Doch bevor sie etwas sagen konnte, fuhr Artemis fort: «Du weisst also, was du zu tun hast. Entscheide dich: entweder – oder. Willst du eine von uns sein, musst du dir den Indio ein für alle Mal aus dem Herzen reissen. Dann gibt es kein Zurück.»

GAIA

Sie hörte die Geräusche des erwachenden Morgens ge-
dämpft, wie durch einen Schleier, und die Gegenwart des
Lebendigen, die Stimmen der Vögel und der Blätter, die sie
sonst immer mit unwiderstehlicher Kraft in den Tag hinein-
zogen, vermochten sie nicht zu bewegen. Sie lag in ihrer
Grotte, unfähig, sich zu rühren, von einer bleiernen Schwere
erfüllt, wie in einem tiefen, schwarzen Grab. Ihr Atem ging
flach, ohne in ihre Tiefen zu tauchen, und bis der Tag durch
die Wolken brach, lag sie zitternd und nassgeschwitzt auf
ihrem Lager. Ihre Augenlider waren so schwer, dass sie sie
nur mit Mühe aufziehen konnte, und ihr Mund war gefüllt mit
einem schalen Geschmack, den selbst das Quellwasser nicht
auszuwaschen vermochte. Sie verlor sich in der Zeit, bis sie
das Licht von Sonne und Mond nicht mehr unterscheiden
konnte, und öffnete die Augen erst wieder, als sie die Gegenwart einer Gestalt wahrnahm. Mit unendlicher Anstrengung
hob sie den Kopf und setzte sich zitternd auf. Es war eine Frau
mit vollen, runden Formen und einem freundlichen Gesicht,

die sie aufgesucht hatte. «Mach dich auf, Daphne», sagte sie. «Mach dich auf, der Wahrheit zu begegnen.» Daphne kroch aus der Höhle und setzte sich auf den Vorsprung, den Rücken an den Fels gelehnt. «Wer bist du?», flüsterte sie. Doch die Frau lächelte nur und sagte: «Das weisst du schon. Tief in deinem Inneren kannst du dich an alles erinnern.» Daphne wollte sagen, dass sie ihr Inneres nicht mehr fühlen konnte, doch das Begreifen durchzuckte sie wie ein Schlag. «Mutter», sagte sie leise. Und sie begann, ihre Hände wieder zu fühlen, ihre Beine ihre Brüste, ihren Unterleib. Es war, als ob ein Kreislauf wieder zu funktionieren begonnen hätte, der lange Zeit stillgelegt gewesen war. «Du hast den Hades an dir zerren spüren», sprach Gaia, «genau so, wie Demeter ihn jeden Winter spürt. Er ist so mächtig, dass wir bei seinem Anblick vergessen, dass in uns eine uralte Kraft schlummert, die sogar seine Dunkelheit erleuchten kann. Eine Frau ist wie ein Vulkan, in deren ältestem Lavagestein ein Rest von Feuerwasser glüht. Doch er kommt erst zum Ausbruch, wenn wir so tief in der Dunkelheit begraben liegen, dass uns keine andere Kraft mehr retten kann.»

Gaias Erscheinung strahlte eine solche Güte aus, dass Daphnes Atem sich unwillkürlich beruhigte. «Wenn du dieser Kraft folgst», fuhr sie fort, «wird sie dir die Richtung weisen, auch wenn du nicht weisst, wonach du suchst.» «Das will ich tun, Mutter», sagte Daphne fieberhaft, «doch sag mir wie.» Wieder lächelte Gaia. «Mach dich auf und such in deinem Inneren nach der Weisheit, die dir alle Fragen beantworten kann.» Als Daphne den Mund öffnete, um etwas zu entgegnen, brachte Gaia sie mit einer sanften Geste zum Schweigen. «Fürchte dich nicht, Daphne, du bist dem Hades bereits wieder entstiegen.» Und genau so plötzlich, wie sie gekommen war, verschwand sie, löste sich in der Nachtluft auf, ohne Spuren zu hinterlassen. Am nächsten Tag fand Daphne den Tempel wieder.

DIE ALTE SEELE

Sie ging einem breiten Hohlweg entlang, dessen hohe, prächtige Bäume sich zu einem dichten Dach zusammen-fügten. Der Geruch von Harz und Holz lag in der Luft, und Daphne fühlte sich leicht und frei. Obwohl sie nicht wusste, wohin der Weg sie führte, überliess sie sich ihm so vertrauensvoll, wie sie es in Artemis' Wald niemals getan hätte. Lange Zeit begegnete sie keinem einzigen Wesen, und sie fragte sich, ob der Weg nur dazu diente, sie mit diesem Gefühl des absoluten Wohlbefindens zu erfüllen. Doch dann sah sie in einiger Entfernung einen alten Mann. Er trug einen langen Mantel, und sein glattes, weisses Haar fiel in einem Zopf zwischen seine Schulterblätter. Seine Haut war so hell, dass seine ganze Erscheinung zu strah-len schien, und weder sein Antlitz noch seine Hände trugen die Furchen des Alters. Seine Augen waren langgezogen und lagen schräg über den kantigen Wangen. Er begrüsste Daphne mit einer angedeuteten Verbeugung, als ob er schon sehr lange auf sie gewartet hätte. Daphne blinzelte, doch das Gleissen des Alten brannte nur in ihrer Brust, und er hatte ein Lächeln auf den Lippen. «Bist du meine innere Weisheit?», fragte sie, doch er sagte: «Ich bin die alte Seele, die all deine Erinnerungen in sich trägt. Das Wissen, das dir den Weg weist, ohne sich zu erklären. Die Kraft, die mit dir durch die Äonen gegangen ist und die Wahrheit all deiner Leben vereint.»

Der Wald, durch den er sie führte, bestand aus riesigen, hohen Bäumen, deren Stämme weit auseinander standen, weil ihr Blätterdach so auslandend war, dass jeder von ihnen einen mächtigen, kreisrunden Platz in der Höhe beanspruchte. Ihre Blätter waren von einem hellen, blassen Grün, und die Äste wiegten sich mit langsamen, rauschenden Bewegungen hin und her, so dass die Sonne mal hier, mal dort Raum fand, um ihre Strahlen zu platzieren und den warmen, weichen Boden mit hellen, tanzenden Flecken zu übersäen wie mit Feuer. An einem kleinen, wilden Bachlauf setzten sie sich auf einen grossen, flachen Stein, der aussah, als hätte er schon oft Begegnungen Kraft verliehen. In Daphne jagte eine Frage die andere, doch keine brach hervor aus dem Gewirr. Nicht nur eine, sondern hunderte von Wahrheiten mochten in ihr leben, Wahrheiten, die sie vergessen hatte, vielleicht aus gutem Grund. Sie blickte dem Alten ins Gesicht, das bewegungslos in sich ruhte, doch seine Augen waren von unendlicher Zärtlichkeit erfüllt. Er nickte kaum merklich, und Daphne verstand die Aufforderung, ohne dass er etwas sagte. Sie schloss die Augen und senkte den Kopf. Sie war bereit, sie zu hören.

«Du bist schon oft im Körper eines Mannes zur Welt gekommen, doch dieses Leben hast du der Erforschung deiner Weiblichkeit gewidmet. Doch du machst einen Fehler, wenn du dich dabei nach dem richtest, was die Leute sagen. Als ureigene Tochter Gaias bist du tief in der Erde verwurzelt, fühlst dich im verschlungenen Dickicht des Waldes sicher, vor dem sich andere fürchten, weil sich dort das Unbekannte verbirgt. Doch die Stärke Artemis' ist nichts weiter als ein anderer Teil der Weiblichkeit. Leider beginnen in der Neuen Zeit sogar die Göttlichen, auf das Geraune der Menschen zu hören, die wissen möchten, dass Kraft und Selbstbestimmung Ausdruck des so genannten männlichen Geistes sind. Selbst Artemis geht in dieser Sache fehl, obwohl die Offenbarung des grossen kosmischen Geheimnisses im tiefsten Kern ihres Wesens verborgen liegt. Hör nicht auf das Geraune, Daphne, weder auf die Menschen noch auf die Unsterblichen. Die grössten Meisterinnen des Universums haben die weiblichen und die männlichen Energien in sich vollkommen ausgeglichen. So lange sie gegeneinander strahlen, zieht sich die Wahrheit vor dir zurück. In der Tiefe des Verstehens verwischen Grenzen und Kategorien, und Begriffe haben keine Bedeutung mehr. Doch du musst dich stellen – deinem Mann und deiner Frau. Tritt heraus aus dem Schutz des Waldes, hinaus aufs offene Feld, und tritt unter die Sonne, ohne den Kopf zu senken. Gottheiten verbergen sich hinter ihrem Strahlen, um ihre Geheimnisse nicht preiszugeben, denn wenn wir sie erkennen, geht ein Teil ihrer Macht auf uns über, und wenn wir glauben zu erblinden, beginnen wir erst richtig zu sehen.»

Daphne starrte ihn an, regungslos, mit mahlenden Kiefern, die ihre Ohren mit schabenden Geräuschen füllten. Hinaus aufs offene Feld, hinaus unter die Sonne – was er von ihr verlangte, schien ihre Kraft zu übersteigen. Der Alte schien genau zu wissen, was in ihr vorging. Er legte seine Hand auf ihren Arm, die sich genau so strahlend und weich anfühlte, wie sie aussah, und sagte: «Ich will dir etwas erzählen.»

DIE LEGENDE VON ADAM UND EVA

Es hatte nicht für wenig Aufruhr unter den Göttern gesorgt, als sich die Nachricht verbreitet hatte, dass die Menschen nicht mehr an sie glaubten. Eine neue Epoche sei angebrochen, hatte es geheissen, und ein neuer Glaube werde verkündet, der behaupte, dass Bäume und Quellen keine Seelen hätten, sondern nur ein Gemisch von Erde und Wasser seien. Der neue Glaube sprach von Adam und Eva, einem Menschenpaar, das in einem grossen Garten lebte, in dem es alles gab, was sie zum Leben brauchten – wasserspendende Flüsse, Pflanzen und Bäume mit köstlichen Früchten, und nichts, was dem Menschenpaar hätte Schmerz zufügen können. Der Garten gehörte einem grossen Gott, der ihn Paradies nannte und Adam und Eva dazu anwies, ihn zu bebauen und von den Früchten seiner Bäume zu essen. Den herrlichsten Baum aber, der in der Mitte des Gartens stand, war ihnen verboten, da sie sterben würden, wenn sie von seinen wundervollen Früchten kosteten. Doch Eva sah, dass in eben diesem Baum eine Schlange lebte, und da sie die Gabe hatte, die Weisheit der Tiere zu verstehen, erfuhr sie, dass die Schlange nicht gestorben war, als sie von den Früchten gegessen hatte, sondern seither am grossen Geheimnis des Universums teilhatte: Sie wusste unendlich viel mehr als alle anderen Tiere und war frei, denn sie erkannte, was sie tun musste, ohne dass der grosse Gott ihr Anweisungen gab. In Eva erwachte eine Sehnsucht, die sie zu zerreissen schien, und sie begann, auch Adam mit ganz anderen Augen zu sehen. Er hatte nie die Gabe besessen, mit Tieren und Pflanzen zu sprechen, und schien nicht den geringsten Wunsch zu hegen, etwas an seinem Leben zu verändern. In ihm brannte keine Neugier, keine Sehnsucht, kein Verlangen. Mit jedem Tag fühlte sie sich ihm fremder, und die Vorstellung, bis in alle Ewigkeit – denn so hatte es der grosse Gott bestimmt – mit ihm in diesem Garten zu leben, lag wie ein Stein in ihrem Bauch. Wenn sie von dieser Frucht ass, davon war sie überzeugt, würde sich alles ändern. Und je mehr Zeit verstrich, desto brennender wurde ihre Sehnsucht, und desto weniger Angst verspürte sie vor dem Unbekannten. Und an einem schönen, sonnigen Tag strich sie durch die Morgenwinde, bis sie zum Baum kam, und brach eine Frucht. Sie schmeckte süss, wunderbarer als alles, was sie bisher gekostet hatte, und ihr Saft rann dick und schwer zwischen ihren Fingern hinab. Als sie schluckte, war es, als ob alles um sie herum die Farbe ändern würde, und das Gefühl, das seit ihrem ersten Treffen mit der Schlange immer mehr Besitz von ihr ergriffen hatte, wurde zu einer unumstösslichen Gewissheit: Sie konnte nicht länger mit Adam zusammenleben. Ausserhalb des Gartens, das wusste sie nun, gab es eine andere Welt, und das Gefühl von Lust und Freiheit durchflutete sie wie heisse Wellen. Sie lief dem grossen Tor entgegen, das aus dem Garten herausführte, lief so schnell wie sie noch nie gelaufen war, denn genauso wie sie plötzlich wusste, dass es dieses Tor gab, wusste sie auch, wo es sich befand – nur wohin es führte, das wusste sie nicht. Es war, als ob sie aus einem Traum aufgewacht wäre, als ob alles, was sie bisher gekannt und gewusst hatte, nur eine schöne Geschichte gewesen sei, das wahre Leben aber erst in dem Moment beginnen würde, in dem sie diese Geschichte verliess. Doch dann erstarrte sie. Ein lautes Rufen und das Geräusch hastiger Schritte liessen sie erschrocken innehalten. Adam war ihr gefolgt, und er hielt die angebissene Frucht in die Höhe, sein Blick verzerrt vor Furcht und Vorwurf. «Wenn du stirbst, will ich auch nicht mehr leben!», rief er, und bevor sie ihn daran hindern konnte, hatte er ein grosses Stück Fruchtfleisch herausgebissen. Eva hatte das Gefühl, als würde alle Kraft aus ihrem Körper weichen. Bei Adam dagegen schien die Frucht eine ganz andere Wirkung auszulösen als bei ihr selbst. Er blickte noch erschrockener als zuvor und begann sich hastig umzusehen, dann griff er nach Evas Arm und versuchte, sie in die entgegengesetzte Richtung zu zerren. Eva riss sich wütend los, er dagegen schien aus seinem neuen Wissen zu folgern, dass er nun für sie beide entscheiden konnte. Doch bevor sie sich darüber *streiten konnten, erschütterte ein Donnerschlag den Garten, der so gewaltig war, dass er den Boden zittern liess und Bäume spaltete. Wie ein Berg erschien der grosse Gott vor ihnen und sagte mit einer lauten, herrischen Stimme: «Ihr habt vom Baum der Erkenntnis gegessen und euch mir widersetzt, dem grossen Gott. Damit ihr nicht auch noch vom Baum des Lebens esst und ewig lebt, muss ich euch für immer aus dem Garten verbannen.» Adam fiel auf die Knie und weinte und flehte den grossen Gott an, er möge sich ihrer erbarmen und ihnen verzeihen, und dass sie den Baum des Lebens nicht anrühren würden, aber der grosse Gott kannte kein Nachsehen. Und so musste Eva zusammen mit Adam aus dem Garten ausziehen, dessen Tor fest verriegelt wurde, damit sie nie wieder zurückkehren konnten. Zur Strafe für ihren Verrat verfluchte er Eva, dass sie Schmerzen leiden sollte, jedes Mal, wenn sie ein Kind gebar. Doch weitaus schlimmer traf sie der zweite Fluch – dass Adam fortan über sie herrschen würde.*

Als der Alte geendet hatte, schwieg Daphne lange – bis die Sonne tief gesunken war und ein Rascheln in den Baumkronen das Herannahen der blauen Schatten der Nacht ankündigte. Dann sprach der Alte, und seine Stimme hatte denselben schweren, beruhigenden Farbton wie der Himmel. «Sei stark und mutig wie Eva», sagte er. «Öffne das Tor zur Wahrheit.» Und er malte mit seinen weissen, schlanken Fingern unbekannte, geheimnisschwere Zeichen in die Luft. Sie schloss die Augen und atmete die summende, surrende Luft ein, die von den unsichtbaren Wassertropfen des nahen Baches und vom Atem der Bäume durchwoben war. Dann sah sie durch ihre geschlossenen Lider, wie der Alte an sie herantrat und seine Hände auf ihr Gesicht herabsenkte, bis sie wenige Fingerbreit über ihren Augen schwebten. Er schien die Macht zu besitzen, die fliessende Kraft um sich herum zu sich zu rufen und zu ballen, zu einem einzigen, gewaltigen Strom zusammenzufügen und durch Daphnes Körper fliessen zu lassen, denn von seinen Handflächen ging eine Hitze und ein Beben aus, die nicht nur ihre Haut, sondern auch den gesamten Raum in ihrem Inneren in Schwingung versetzten – die festen, harten Teile, die pochten und sich wanden, die knisternden Flüsse und die rauschenden Winde. Nach einem Augenblick, der in der unendlichen Weite des Kosmos eine Ewigkeit bedeutete, bewegte der Alte seine Hände hinab zu ihrem Hals, dann zu ihrer Brust und dann zu ihrem Unterleib. Und Daphne sah sie vor sich, mit einer Klarheit, die man nur mit geschlossenen Augen erlangte: Eva, die in der Dunkelheit an einem Feuer sass und im gleichen, tiefen Rhythmus atmete wie Daphne selbst. Sie war aus dem Paradies getreten, hinaus aufs offene Feld, und hatte erfahren, dass die Freiheit nur eine andere Art von Gefangenschaft war. Dass Weisheit sterblich machte und Sterblichkeit Schmerz lehrte. Dass das grösste Mysterium des Universums von den höchsten Mächten gehütet wurde und Menschen sowie Gottheiten verschlossen blieb, solange sie nur die Wahrheit der Schlange kannten.

Das Feuer hatte Eva zugeraunt, dass das Paradies eine zweite, unbewachte Hintertür hatte, doch um den Weg dorthin zu finden, musste man die Sprachen aller Weltteile erlernen, denn nur wer die Weisheit aller Steine, aller Pflanzen, aller Himmelsrichtungen und aller Sterne zusammenfügte, war heil genug, um die letzte Gabe zu erhalten: die Frucht des Lebensbaums. Die Hintertür des Paradiesgartens zu finden, war der letzte Zweck jeder Lebensreise, auch wenn sich kein Wesen daran erinnerte. Doch mit dem Austritt aus dem Paradies waren Eva und ihre Töchter genauso wie Adam und seine Söhne an einen Körper gefesselt, der den Anstrengungen und Mühsalen dieser Reise nicht lang genug standhielt. Den Menschenwesen ging der Atem aus, ihre Glieder wurden müde und das Pochen in ihrer Brust ging schwerer und langsamer, bevor sie auch nur eine einzige Sprache richtig erlernt hatten. Und so mussten sie wieder- und wiederkommen, in endlos scheinenden, spiralförmigen Bewegungen, die Leben für Leben aufwärts führten und dem Himmel näherkamen, jedes Mal mächtiger, jedes Mal von einem helleren Leuchten umgeben, jedes Mal mit mehr Schätzen in ihren Seelen und mit mehr Freunden an ihrer Seite. So diente jedes Leben und jedes Sterben nur dazu, weiter zu sehen und tiefer zu hören, sich fester in der Erde zu verankern und die Lichtkugel in der Brust enger mit der Lichtkugel am Himmel zu verbinden.

Als der Alte die Hände langsam und vorsichtig aus dem fliessenden Lichtstrom um sie herauszog, schlug Daphne nur zögernd die Augen auf. Am liebsten wäre sie für immer in diesem Raum aus Licht geblieben, in dem das Wesen aller Dinge zum Greifen nah um sie herumschwebte. Doch sie teilte das Schicksal Evas und aller anderen Erdbewohnerinnen. Auch sie musste durch den Schmerz und durch die zerbrechliche Unvollkommenheit dieses Lebens hindurch, um irgendwann zurück zu jenem Pfad zu finden, an deren Existenz sich nur alle hundert Monde jemand erinnerte. Dass sie direkt in die lächelnden Augen des Alten blickte, als sie seufzend ihre Lider aufzog, machte das Gewicht, das zwischen ihren Augenbrauen hing, erträglicher. «Sei stark und mutig wie Eva», sagte er wieder, «und mach dich auf den Weg. Du hast einen Strahl des kosmischen Lichts gesehen, doch dies macht dich genauso stark wie es dich schwach macht. Genauso mächtig wie hilflos. Genauso erhaben wie nichtig. Sei stark und mutig, doch verneige dich mit der tiefsten Demut vor deiner eigenen Kraft.» Daphne senkte den Kopf, schloss die Augen und sagte mit leiser, aber fester Stimme: «Führ mich in die Sonne.»

WAYRA

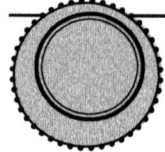

Vor ihr lag eine weite Ebene, deren Unendlichkeit vollkommen ungebrochen war. Kein einziger Baum ragte auf, kein Stein, kein Fels. Der Boden war von Grasbüscheln überwachsen, die wie überdimensionale Igel dasassen, hart, stachlig und feindlich gegenüber der Berührung blosser Füsse. Die Gewalt der Sonne hatte die Farbe aus ihnen herausgebrannt, und so weit das Auge reichte, war alles von einem bleichen, abgestorbenen Gelb überzogen. Dass es nichts gab, was den einen Horizont vom anderen unterschied, keine Frage, keine Antwort, kein Ruf, kein Ziehen, erfüllte sie mit einer so tiefen Ratlosigkeit, dass sie stehenblieb, obwohl dies das Gefühl von Unwohlsein noch verstärkte – das altbekannte Gefühl, schutzlos ausgeliefert zu sein. Ihr Herz begann unkontrolliert zu rasen, und sie tat, was sie immer tat, um das Flattern zu besiegen: Sie begann zu laufen. Zumindest ihre Instinkte schienen noch zu funktionieren – ohne dass sie nach unten schaute oder sich auf ihren Lauf konzentrierte, wichen ihre Füsse den harten, stechenden Grasbüscheln instinktiv aus und prallten auf die spröde Erde zwischen ihnen nieder. Doch schon nach Kurzem begann ihre Brust zu brennen und ihr Kopf drehte sich um sich selbst. Sie war, zum ersten Mal in ihrem Leben, gezwungen, stehen zu bleiben. Ihr Atem ging schwer, und sie konnte kaum das Gewicht ihres Brustkorbes heben, bückte sich vornüber, schloss die Augen, vergass alle Vorsicht. Als sie sich wieder aufrichtete, hatte die Landschaft ihren Farbton geändert. Vielleicht lag es an den Wolkenflocken, die nun über den Himmel zogen und so weit herabzureichen schienen, dass sie fast die Erde berührten. Die Landschaft schien matter, bleicher, und die Luft war von einem monotonen Summen erfüllt.

Dann sah sie sie. Geschäftig gingen sie zwischen den Hütten hin und her und führten die Pferde heim, um ihnen ihre Lasten abzunehmen. Wenn Daphne die Augen zusammenkniff, konnte sie in der Ferne einen grossen, stillen See erkennen, dessen Oberfläche vollkommen still lag, ganz anders als das grosse, fordernde Meer, das gegen die Klippen der Peloponnes schlug. Etwas abseits standen ein Junge und ein Mädchen, kaum älter als Larissa, und Daphne näherte sich ihnen, ohne dass sie sie bemerkten. Sie stand so nah bei ihnen, dass sie sie hätte berühren können, und dennoch waren sie durch einen unsichtbaren Schleier voneinander getrennt. Der Junge hatte ein schmales, braunes Gesicht und tiefschwarze Haare – doch es war der Anblick seiner Hände, der Daphne wie ein Schlag traf: Es waren seine Hände. «Inti», flüsterte sie, doch er hörte sie nicht. Seine Aufmerksamkeit war auf sein Pferd gerichtet, doch wieder schien es, als sei sein Blick in eine unbestimmte Ferne gerichtet, in der er weder das Mädchen noch Daphne wahrnahm. Er war ihr unendlich fremd, und gleichzeitig geradezu beängstigend vertraut. Als ob er nicht nur aus einer unvorstellbar weiten Ferne, sondern auch aus einer anderen, längst vergessenen Zeit gekommen sei. Verzweifelt suchte sie nach jener Erinnerung, die sie an ihn band, doch jedes Mal, wenn sie einen Zipfel davon erhaschte, ein Wort, eine Bewegung, den Ton seiner Stimme, zuckte ein Blitz durch ihren Kopf, der die Bilder sofort wieder auslöschte und sie mit der Wucht eines Donnerschlages zurück in die Gegenwart brachte. Sie sah, dass sein Inneres in Flammen stand und dass sie ihn nicht heilen konnte, auch nach all den Äonen nicht – oder waren nur wenige Augenblicke vergangen, seit sie ihn verloren hatte, und ihre Seele gerade erst frisch vernarbt?

Da brach eine Stimme das Schweigen – seine Stimme, leise, aber unüberhörbar. «Ich gehöre zum Trupp.» Daphne verstand die Bedeutung dieser Worte nicht, aber das Mädchen schien sie sehr genau zu verstehen, denn sie riss den Kopf mit einer so heftigen Bewegung herum, dass ihr das Seil aus der Hand fiel, und ihr entwich ein leiser Schrei, der jede Faser von Daphnes Körpers durchdrang: «Nein!» Und dann erinnerte sie sich. Auf den höchsten Hügel war sie gestiegen, im Morgengrauen, als die Nebel sich noch nicht weit vom Boden gehoben hatten, und hatte zugesehen, wie sie ausgezogen waren. Nicht mehr als eine Handvoll Reiter, in dicke Mäntel gehüllt, waren sie dahingaloppiert, mit der hochaufgerichteten Haltung der Entschlossenheit, ohne sich umzusehen, und waren immer kleiner geworden, bis der Horizont sie verschluckt hatte. Ja, sie erinnerte sich. An den unerträglichen Schmerz, der monatelang in ihrem Bauch gelegen hatte wie ein Stein, ans Glühen ihrer Schläfen, ans Gefühl des Erstickens, wenn sie nachts aufgewacht war und die Wolken ihres Atems über ihr geschwebt hatten. An die Worte, die in ihrem Kopf hin und her gegangen waren, egal ob sie gerade kochte, Pflanzen sammelte oder sich um die Pferde kümmerte – die Worte, die sie nie ausgesprochen hatten und die dennoch ein Versprechen besiegelten, unausweichlich. Seit sie denken konnte, war das einzig Sichere in ihrem Leben gewesen, dass sie für immer bei ihm bleiben würde. Und dann hatte er plötzlich zu den Auserwählten gehört. Zu denen, die ans andere Ende des Reiches ritten, um sich dem Herrscher anzuschliessen. Ihre Grossmutter hatte erzählt, dass manche von ihnen irgendwann zurückgekommen waren, aber dies war so lange her, dass sich kaum jemand daran erinnerte. Sie hatte nicht die geringste Hoffnung, ihn je wiederzusehen, als sie in jenem Morgengrauen auf dem höchsten Hügel sass und zusah, wie er auszog.

Daphne keuchte und fand sich auf den Knien wieder, Schweisstropfen liefen ihr übers Gesicht, obwohl sie vor Kälte zitterte. Die Hütten, die Pferde, die Reiter, alles war verschwunden, und sie war wieder allein, vollkommen allein, in dieser endlosen, erbarmungslosen Ebene. Um den Schmerz zu lindern, der nun in ihrem eigenen Bauch lag, ging sie los, in einer schnurgeraden Linie mitten durch die Trostlosigkeit hindurch, und selbst die Sonne bereitete ihr keinerlei Sorgen mehr. Sie lief so lange, bis es Nacht wurde, und als sich die Kuppel über ihr mit Lichtern zu füllen begann, legte sie sich auf den Boden und zog die Knie bis ans Kinn. Vielleicht war es die Kälte, die sie lückenlos durchdrang, die ihre Augen für etwas öffnete, was Daphne an die Fieberträume ihrer Kindheit erinnerte, vielleicht war sie auch tatsächlich eingeschlafen, doch seine Anwesenheit war realer als alles, was sie an diesem Tag gesehen hatte – die alte Seele, die Tempelpriesterin und die Reiter. Inti lag bei ihr und hielt sie fest umschlungen, er glühte warm, und seine Haut war weicher als das edle Tuch, aus dem Hera und Aphrodite ihre Gewänder woben. Ohne jegliches Befremden nahm Daphne wahr, dass sie vollkommen nackt waren, nackt auf dem Boden lagen, mitten in dieser Weite, vollkommen unberührt von der schneidenden Kälte. Sie war das dunkle Mädchen, das inzwischen kein Mädchen mehr war, sondern eine schöne, starke Frau, und gleichzeitig war sie Daphne, die nie einem Mann hatte angehören wollen und nun in dieser Umarmung lag, als ob es nicht nur das Selbstverständlichste auf der Welt gewesen wäre, sondern sie auch glücklicher machte als alles, wovon sie je geträumt hatte. Sie rollte sich auf den Rücken und streckte ihre Arme aus, öffnete ihre Brust dem Himmel, wie um sich von ihm Speisung zu erbeten, und ein Schauer durchlief sie, als sie erkannte, dass sich der Kosmos wie eine mächtige Tempelkuppel über ihnen ausbreitete, sie zudeckte, sie umspannte und sie in seinen Leib aufnahm. So lange sie sich in seinen heiligen Hallen bewegten, konnte ihnen nichts passieren.

Als die Sonnenscheibe die Sterne zu überstrahlen begann, war sie allein, doch das Gefühl, vollkommen in Sicherheit zu sein, war nicht von ihr gewichen. Sie hob das Gesicht und blickte voll ins Antlitz der brennenden Kugel, die höher und höher stieg. Dann kehrte sie mit einer Bewegung, die restlose Unterwerfung und zugleich forderndes Ersuchen ausdrückte, ihre Handflächen nach oben, um zu empfangen. Zum ersten Mal in ihrem Leben umarmte das Sonnenlicht sie, statt wie ein Gewicht auf ihr zu lasten. Die Hitze, die durch ihre Handflächen drang und sich langsam in ihr ausbreitete, schmerzte nicht, sondern schien sie mit einer Kraft zu füllen, die sich anders anfühlte als die Kraft der Quelle und der Bäume – heftig, ungestüm, aufregend. Nur undeutlich erinnerte sie sich an das Gefühl des Ausgeliefertseins, des Verlorenseins, das sie in dieser Landschaft einmal, vor langer Zeit, gepeinigt hatte. Es waren die Schritte einer Siegerin, einer Erhabenen, mit denen sie nun ihres Weges ging, bis dieser abrupt an einem steilen Abhang endete. Unter ihr lag ein weites, grünes Tal, in dem rötliche Felsen in scharfen, zackigen Formen aufragten, und in seiner Kuhle schimmerte die klare, ruhige Oberfläche eines Sees, auf dem vereinzelte Inseln von ineinander verschlungenen Pflanzen schwammen. Der Wind, der vom See heraufblies, fuhr mitten durch Daphne hindurch, durchstrich ihr Inneres, kühl und kräftig, und erfüllte sie mit der Standfestigkeit einer Kriegerin. In diesem Moment verstand sie, was Wayra bedeutete.

DER PUMA-FELSEN

Von diesem Tag an war Daphne in der Ebene zu Hause. Fast jede Nacht wandelte sie zwischen dem Sternenzelt und der unendlichen gelben Weite, und bald fand sie den Weg zu einem grossen Felsen, der sie einlud, an seinem Fuss Platz zu nehmen. Er überragte ihren Kopf um eine Armlänge und hatte die Form einer fast perfekten Kugel, nur zur Seite hin lief er spitz aus, was ihm das Aussehen eines geheimnisvollen, mächtigen Pumahaupts verlieh. An verschiedenen Stellen waren spiralförmige Linien in seine Oberfläche geritzt, die heftig zu pulsieren begannen, wenn Daphne ihre Hände auf sie legte. Es war, als ob der Stein zu ihr sprechen würde – und es waren uralte, konfus verschlungene Geschichten, die er ihr erzählte, Geschichten, die sie Teil längst vergessener Weisheiten werden liessen, an die sie sich aber am nächsten Tag nicht mehr erinnern konnte, so sehr sie auch versuchte, sie festzuhalten. Sie hatte einmal gehört, dass man Träume nur direkt nach dem Aufwachen einfangen konnte, bevor man die erste Bewegung machte. Drehte man sich zur Seite oder schob auch nur die Arme unter den Kopf, entwischten sie sofort und verloren sich im Wind. Nun gab es aber ganz verschiedene Arten von Träumen. Die einen zogen vorbei wie ein angenehmer Duft und hinterliessen nichts als ein Gefühl von Leichtigkeit, das einen die Augen mit einem Lächeln aufschlagen liess. Andere weckten den heiss brennenden Wunsch, sich an seinen Bildern festzukrallen und sie in den heiligen Raum zu tragen, der sich in der Morgen- und Abenddämmerung in der Brust auftat, gleich oberhalb der Stelle, an der das Herz am deutlichsten pochte. Und dann waren da Träume von solch erschütternder Intensität, dass man an ihnen erstarrte, weil man aufwachte und nicht wusste, ob man gerade in die Wirklichkeit zurückgekehrt oder vielmehr aus ihr herausgefallen war. Ob die Welt, die man immer für die Wirklichkeit gehalten hatte, nur ein bedeutungsloser Traum war, und die Visionen der Nacht das wahre Wesen der Dinge offenbarten.

Die Tempelpriesterin sagte, dass gesegnet war, wen diese Träume öfter heimsuchten, besonders in der Zeit, in der die Mondkugel langsam schmaler wurde. Dies waren die Träume, die auch nach mehreren Monden nicht verblassten und die von immenser Wichtigkeit waren, nicht nur für Daphne selbst, sondern für alles Sein. Schliesslich zeigten sich im Traum, auch wenn die Menschen der Neuen Zeit nicht mehr daran glaubten, nur Bilder aus demselben Universum, bloss dass sie aus anderen Zeiten und von anderen Orten stammten. Doch im Grunde spielte dies keine Rolle, da in der Weite des Kosmos alles gleichzeitig geschah und miteinander in Verbindung stand – Artemis und Apollo, Adam und Eva, Daphne und Inti. Darin bestand die Weisheit der Tempelpriesterinnen: Sie stiegen auf wie Adler bis zu den Wolken, um ins All zu blicken, während Daphne bloss wie eine Biene von Blume zu Blume flog.

Der Pumafelsen war, genau wie manche Träume, Zeuge einer längst vergangenen Zeit, an die sich nicht einmal die alte Seele erinnerte – einer Zeit, in der es weder Menschen noch Götter gegeben hatte. Er lehrte Daphne, dass auch Steine eine Seele hatten, und dass sie einen Teil von ihr offenbarten, wenn man sie ins Wasser legte. Dass man an der Veränderung ihrer Farbe ablesen konnte, welche Energie ihnen innewohnte, und ob sie männliche oder weibliche Kräfte besassen. Dass sie, wenn man sie ausgrub und an eine andere Stelle trug, tausend Jahre brauchten, um sich an den neuen Ort zu gewöhnen. Der Pumafelsen dagegen, ein uralter Meister, hatte das männliche und das weibliche Wesen in sich vereint und war so tief in der Erde verwurzelt, dass niemand ihn bewegen konnte. Das alles erzählte er ihr in den langen Nächten, in denen sie bei ihm sass. Aber er sprach nicht nur. Er hörte ihr auch zu. Sie malte unsichtbare Zeichen auf den Stein, deren Form und Bedeutung sie nie gelernt hatte und die dennoch über jeglichen Zweifel erhaben waren. Es waren nicht die Worte einer unbekannten Sprache, es waren keine Bilder, keine Symbole – es war all das zusammen, und unendlich viel mehr.

«Das Wesen der Frau», schrieb sie eines Nachts in jenen fremdartigen Buchstaben, an die sie sich erst erinnerte, wenn ihr Finger über die feine, porige Oberfläche zu gleiten begann – und die Worte brannten sich so tief in ihre Seele ein, dass sie sie beim Aufwachen immer noch wortwörtlich zitieren konnte. Was sie dagegen vergessen hatte, war, ob der Stein ihren Geist so sehr entzündet hatte, dass sie Ausdruck für etwas gefunden hatte, was seit Urzeiten in ihr geschlummert hatte, oder ob es ihr in jener Nacht zum ersten Mal gelungen war, Meister Puma richtig zuzuhören.

Das Wesen der Frau ist die Vereinigung mit der Gemeinschaft, und die absolute Vereinzelung. Das Wesen der Frau ist mütterliche Fürsorge und die dringliche Notwendigkeit, für sich selbst zu sorgen. Das Wesen der Frau ist Hingabe und Verschmelzung, und der Wille zur absoluten Freiheit. Das Wesen der Frau ist Mitgefühl und Bekräftigung, und die ungeheure Macht, alles radikal neu zu denken.

Das Beste an der Ebene war aber, dass Inti sie bewohnte. Genauso oft, wie Daphne allein umherwandelte, um sich alle Fragen zu stellen, die nötig waren, sass er an ihrer Seite, um sich mit ihr in stundenlangen, nächtelangen, jahrhundertelangen Gesprächen zu verlieren, in denen Daphnes Wesen sich vollkommen auflöste und mit seinem vermischte, bis sie eins wurden und sich nicht nur ihre Seelen, sondern auch ihre Körper so dicht umschlangen, dass sie glaubte, sie würden sich nie wieder voneinander lösen können.

APOLLO

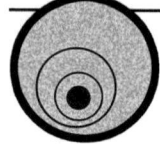

In den Nächten mit Inti begriff Daphne nicht nur den Sinn, sondern auch die letzte Konsequenz des Lebens. Doch allzu oft verflogen diese Erkenntnisse, wenn sie bei Tageslicht wieder dem Geschwätz und Geraune des Waldes ausgesetzt war. Als sie zum ersten Mal von jenem neuen Gerücht hörte, das sich schneller ausbreitete als ein Lauffeuer, wie ihre Schwestern sagten, erwiderte sie kein einziges Wort. Doch als sie an ihrer Quelle sass, presste sie die Fäuste auf die Augen, bis sich Farbkreise auszubreiten und ineinander überzugehen begannen, und ihr ganzer Kopf schmerzte. Sie hatte keine Chance, aus dieser Geschichte heil herauszukommen. Was auch immer sie sagen oder tun würde, würde nur weitere Gerüchte entfachen. Und alles nur, weil Apollo angeblich ein Auge auf sie geworfen hatte. Apollo, von dem alle Mädchen sagten, dass er schöner sei als irgendein anderer, egal wer gerade in Mode war. Apollo, an den Daphne noch nie auch nur einen Gedanken verschwendet hatte, bis zu dem verhängnisvollen Tag, als er sich ihr plötzlich in den Weg gestellt hatte. Sie wäre fast hingefallen, so abrupt hatte sie in ihrem Lauf innehalten müssen, und Erschrecken hatte sich mit Ärger gemischt, weil sie ihn nicht hatte kommen sehen. Natürlich musste er als Gott nicht kommen, um irgendwo zu sein, doch im ersten Moment hatte sie ihn nicht einmal erkannt und sich sofort abdrehen wollen, um ihm auszuweichen und wortlos weiterzulaufen. Doch seine Stimme hatte sie durchdrungen wie die Vibrationen von Lautenklängen und nicht nur ihre Ohren, sondern ihren ganzen Körper in Schwingungen versetzt. Er hatte die Hand nach ihr ausgestreckt und keinen Hehl daraus gemacht, dass er sie begehrte: «Wie schön wärst du erst, wenn du gekämmt wärst? Deine Augen sprühen vor Feuer wie Sterne, und deine Hände, deine Arme sind voller Liebreiz, auch wenn du sie halb verdeckst, denn ist etwas verborgen, scheint es noch schöner. Komm her zu mir, schüchterne Nymphe, prachtvolles Weib.» Vielleicht war es die Selbstverständlichkeit gewesen, mit der er sie zu sich gerufen hatte, die Tatsache, dass er die Möglichkeit einer Ablehnung nicht einmal in Betracht zog, welche Daphne im Bruchteil einer Sekunde hatte reagieren lassen. Heftig hatte sie seine Hand abgeschüttelt und war lautlos zwischen den Bäumen verschwunden. «Frag doch wenigstens, wem du so gefällst», hatte er ihr hinterhergerufen. «Ich bin kein Viehhirte, du Tollkühne, mir gehören Delphi, Claros und Tenedos, und Zeus selbst ist mein Vater.»

Natürlich hätte er ihr folgen können, denn vor ihm konnte sich niemand verbergen, aber er hatte sie laufen lassen. Doch um sich nicht die Schmach einzugestehen, dass er, der grosse Apoll, den alle Frauen verehrten, bei einer gemeinen Nymphe abgeblitzt war, hatte er noch am gleichen Tag das Gerücht in die Welt gesetzt, dass ein Disput mit Eros an allem schuld sei. Dieser hätte ihn zur Strafe für irgendeine Auseinandersetzung mit einem goldenen Pfeil geschlagen, der ihn in unsterblicher Liebe für Daphne hatte entflammen lassen, Daphne aber mit einem bleiernen Pfeil, der bewirkte, dass sie ihn nicht lieben konnte. Daphne schnaubte beim Gedanken daran wütend und mit heissen Augen auf. Pfeile!! Und die Leute glaubten daran, sogar ihre Schwestern, die sich einfach nicht vorstellen konnten, dass irgendeine Frau dem weltenumspannenden Reiz Apollos widerstehen konnte. Doch Daphne liess der Gedanke an ihn den Hals so eng werden, dass sie nicht mehr atmen konnte. Alles, was er wollte, war sie zu besitzen. Der ganzen Welt zu zeigen, dass sie ihm gehörte. Sie irgendwo hinzusetzen, festzubinden, hinter sich herzuziehen wie den Sonnenwagen, und zwar für immer. Wenn er die Hände und die Blicke nach ihr ausstreckte, wurden ihre Beine zäh und schwer, und sie konnte sich nur mit grösster Anstrengung bewegen, wie in einem bösen Traum. Nach ihrer ersten Begegnung verging fast ein ganzer Mond, bis sie ihn wiedersah, doch es gab nicht einen Tag, an dem sie die Ruhe ihrer Quelle oder das Pulsieren des Waldes in sich wirken lassen konnte. Er verfolgte sie mit Botschaften und Gerüchten, und jeden Morgen, wenn die Sonne aufging, bildete sie sich ein, es sei Apollo persönlich, der da stechende, scharfe Strahlen nach ihr warf, so dass sie sich noch öfter als früher in ihrer Höhle zusammenrollte und sich weigerte, sich zu zeigen. Doch erst, als sie ihm wieder gegenüberstand, begriff sie, wie richtig sie mit ihrer schrecklichen Ahnung gelegen hatte.

«Du hast dich vor mir entblösst.» Er sagte es mit solcher Selbstverständlichkeit, dass Daphne einen Augenblick zu lang zögerte und stehenblieb. Sie schaute ihm direkt ins Gesicht, und wider Willen spürte sie, wie ihre Haut gefror. «Und wann soll das gewesen sein?» Er schwieg und lächelte. Sie machte eine ungeduldige Bewegung mit dem Kopf, wie ein wütendes Pferd. «Ja?» Sein Lächeln machte sie noch viel wütender als seine Worte. «Du bist aufs offene Feld hinausgetreten und hast mit mir geliebäugelt, mir den verletzlichsten Teil deines Selbst gezeigt, und nach meinem Kuss gefleht.» Daphne öffnete die Lippen, um zu widersprechen, doch das Innere ihres Kopfes begann sich zu drehen, und eine grässliche Ahnung explodierte in ihr, zerriss ihren Bauch und liess ihre Hände so stark zittern, dass sie sie hinter dem Rücken ineinander verkrampfte. Apollo sprach weiter, leise, rollte Wort für Wort von seinen vollen, roten Lippen ab. «Zeig mir deine Handflächen.» Daphne fühlte, wie sie erstarrte. Langsam streckte sie ihm ihre Hände entgegen, und ein Gefühl der Übelkeit breitete sich in ihrem Unterleib aus, als sie sah, dass sie von dunklen, verbrannten Stellen übersät waren. Apollo lachte auf, doch als er sprach, klang seine Stimme hart und herrisch. «Du hast mir die Innenseite deiner Hände entgegengestreckt, deine empfindlichste Stelle, um mich in dich aufzunehmen», sagte er. Daphne schüttelte den Kopf so heftig, dass sich ihre Haare aus dem Geflecht lösten und ihr um die Schläfen flogen. «Nein», rief sie, und ihre Stimme klang genau so laut und hart wie die Apollos, «nicht dich!»

Sie erinnerte sich: In der zeitlosen Umarmung Intis war es gewesen, dass sie sich der Sonne ergeben hatte. Seiner Sonne. Doch in Apollos Gesicht stand weder Erstaunen noch Enttäuschung, sondern nur Hohn, als er fragte: «Glaubst du etwa, es gibt mehrere Sonnen auf dieser Welt?» Als sie nicht antwortete, fuhr er erbarmungslos fort: «Du hättest wissen müssen, dass die Macht allen Sonnenlichts sich in mir vereint, egal wo es hinscheint – in die Wälder der Peloponnes, in den Tempel deiner Priesterinnen oder in die Ebene des Hochlandes, das du in deinen Träumen besuchst.» Daphne begann wieder, den Kopf zu schütteln, heftiger und heftiger, bis ihre Ohren rauschten, die Haare ihr wild ins Gesicht schlugen und in ihren Augen kleben blieben. «Nein!» schrie sie, «Nein!», immer lauter, während das Gefühl der Verzweiflung in ihr anstieg, bis sie an ihm zu ersticken drohte. «Oh doch», sagte Apollo, vollkommen unberührt. «Ich bin der Indio – ich bin es, dem du so unsterblich verfallen bist, dass du sogar deinen höchsten Wunsch vergessen hast. Du bist das schwächste Geschöpf dieses Waldes, seit er dich verzaubert hat. Doch er ist nichts weiter als meine Marionette, ich habe vollkommene Macht über ihn.» Daphne hob ihr zuckendes Gesicht zu Apollo und sagte noch einmal, leise, aber bestimmt: «Niemals!» Apollo seufzte auf, als ob er tatsächlich einen Augenblick lang echtes Bedauern verspürt hätte, dann hob er seine Hände, senkte sie auf den Scheitelpunkt seines Hauptes herab und zog, langsam und ohne die Augen von Daphne abzuwenden, eine Gestalt aus sich heraus, die anfangs unklar und dunstig in der Luft schwebte wie feinster Staub, dann aber immer deutlichere Form annahm, bis Inti in voller Grösse neben ihm stand. Daphnes Herz hörte auf zu schlagen, sprang aber einen Augenblick später mit solcher Heftigkeit zurück in sein Pochen, dass sie vornüber fiel. Sie wollte aufstehen, sich in Intis Arme werfen, ihn anflehen, er möge ihr sagen, dass das alles nicht wahr sei, doch ohne ein Wort hervorzubringen, rutschte sie nur auf den Knien ein Stück näher zu ihm.

Er war mit drei schnellen Schritten bei ihr und kniete sich zu ihr nieder, nahm ihr Gesicht in beide Hände und sagte, vollkommen unerwartet: «Wenn du mich verlässt, geht die Welt unter.» Daphne griff panisch nach seinen Händen, als seine Daumen über ihre Stirn strichen, wie um die Gedanken zu klären, die sich so wild um sich selber drehten, dass sie die Augen schloss und sie gleich danach wieder weit und schmerzhaft aufriss. «Doch wie kann ich dich lieben, wenn er mir so zuwider ist und du aus seinem Kopf entspringst?» Bei diesen Worten sank er in sich zusammen, als ob der gesamte

Atem, der ihn am Leben erhielt, aus ihm herausströmte, und er zog Daphne in eine verzweifelte, stumme Umarmung. Sie packte ihn an den Schultern und schüttelte ihn: «Sprich!!» Er atmete langsam ein und richtete dann seinen Kopf auf, Wirbel für Wirbel, bis er ihr direkt in die Augen sah. «Ich bin der weibliche Teil des Sonnengottes.» Daphne war so erstaunt über diese Erklärung, dass ihr Beben schlagartig aufhörte. «Der weibliche Teil des Sonnengottes?», wiederholte sie verständnislos. Er nickte, ohne den Blick von ihr abzuwenden. «Jedes Wesen auf dieser Welt», sagte er leise, «hat einen weiblichen und einen männlichen Anteil, auch die Gottheiten. Manche versuchen, einen über den anderen zu stellen, doch dies führt meist zu unheilbaren Erkrankungen.» Daphne blickte ihn fassungslos an, wusste aber, dass nicht der geringste Zweifel an der Wahrheit seiner Worte bestand. Sie erinnerte sich vage daran, schon einmal etwas Ähnliches gehört zu haben, wusste aber nicht mehr, wann oder von wem. Dennoch hatte sie so viele Fragen, dass sie nicht wusste, wo sie anfangen sollte. Doch die donnernde Stimme Apollos unterbrach die lauten, durch ihren Kopf brausenden Gedanken. «Du siehst: Wenn du ihn liebst, liebst du mich! Komm her, meine Braut, zier dich nicht länger!» Von einem heftigen Funken durchzuckt, sprang Daphne auf. «Niemals!», schrie sie Apollo direkt ins Gesicht. «Niemals!» Sein Körper spannte sich furchterregend an, und einen Augenblick lang schien es, als wollte er sie packen. Dann nahm er einen tiefen Atemzug, und sein Gesichtsausdruck war erbarmungslos, als er sagte: «Nun gut, Weib, du hast es so gewollt. Mögt ihr an eurer sturen Undankbarkeit zu Grund gehen. Weibliche Kraft, dass ich nicht lache!» Und er hob seine Hand und schleuderte sie Inti entgegen. Bevor Daphne begriff, was geschehen war, lag er zusammengekrümmt und blutüberströmt auf dem Boden, während Apollo mit einem allmächtigen Rauschen zwischen den umliegenden Bäumen verschwand.

Daphne stürzte neben Inti nieder und griff nach seiner Brust. «Geliebter!», flüsterte sie, und erkannte die Stimme nicht, die da aus ihr strömte, «Geliebter, sag etwas!» Doch er bewegte weder seine Lippen noch seine Augen, weder seine Arme noch irgendein anderes Glied seines Körpers.

TOTEN-
WACHE

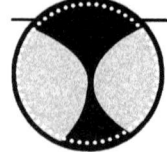

Es war, als ob sie aus der Zeit fallen würde – langsam, un-
erträglich langsam, in einen bodenlosen, schwarzen Ab-
grund, tiefer als der Himmel, doch ohne die Trostpunkte von
Sternen. Ihr Atem setzte aus, minuten-, stunden-, jahrelang,
um dann ohne Vorwarnung in heftigen Stössen in ihre Brust
zurückzukehren – Stösse, die sie kehlig japsen liessen wie
ein vergiftetes Tier, das die Kontrolle über seinen Körper
verloren hatte und zuckend auf dem Boden lag. Doch die
Dunkelheit verwehrte Daphne, wonach sie zwischen ihren
markdurchdringenden Schreien keuchend flehte: die Gnade
des Vergessens. Stattdessen wurde sie sich des Innern ihres
Körpers mit einer Brutalität bewusst, die ihr qualvoll klar-
machte, dass sie, im Gegensatz zu ihrem Geliebten, weiter
an jene Wirklichkeit gefesselt blieb, die man Leben nannte.
In ihrer Brust hing ein schwarzes Gewicht, das jeden Atemzug
zu einer Tortur machte und die Knochen ihres Oberleibs zer-
splitterte. Ihr Herz brach in Flammen aus, mit einer so zer-
störerischen Kraft, dass seine lederne Haut verbrannte und

sich in Fetzen von ihm ablöste. Sie krümmte sich unwillkürlich und mit einem lauten Klagelaut zusammen, als sie spürte, wie jemand die Klinge eines Schwertes in ihren Unterleib bohrte und langsam hin und her drehte. Sie versuchte, aufzustehen, doch ihre Füsse steckten bis zu den Knöcheln fest – wo vorher harter Waldboden gewesen war, erstreckte sich nun ein schlammiges Moor hin bis zum Horizont und machte es ihr unmöglich, auch nur einen Schritt zu tun. Ihre Ohren, nein ihr ganzer Kopf rauschte, und ein Orkan zog auf, der alle Geräusche verschlang. Die Welt war stumm oder sie selbst taub geworden, denn das Herz, das bis vor wenigen Augenblicken in seiner Brust geschlagen hatte, war für immer zum Stillstand gekommen. Diese Erkenntnis war so unfassbar, dass Daphne nur noch die Kontrolle über ein einziges Wort hatte, welches sie in die Weite des Universums schleuderte: «Nein! Nein! Nein! Nein!»

Mit der ersten zitternden Kraft, die sie wiedererlangte, warf sie sich auf Inti und begann, sein Gesicht mit Küssen zu bedecken, als ob sie damit seine Seele zurück in seinen Körper holen könnte. Doch seine Haut war schon kalt und klamm. Er hatte noch nie so schön, aber auch noch nie so schrecklich ausgesehen, der Nacken leicht verdreht, die Augen halb geschlossen. Sie streichelte seine Wange mit einer zitternden, tränennassen Hand, und aus dem Schwindelgefühl in ihrem Kopf heraus kristallisierte sich der unbändige, folternde Wunsch, dass ihre Fingerkuppen für alle Ewigkeit an seinem Wangenknochen liegen mögen.

Inzwischen war es Nacht geworden über dem Wald, doch Daphne sah in der Ferne Felszacken aufragen, die zu einer anderen Welt gehörten und ihre Schläfen blutig stachen, als sie sie anstarrte, als ob sie irgendeine Erklärung bereit hielten. Es blitzte, und sehnsüchtig wartete sie auf den Regen, den endlosen Regen, der zweifelsohne jeden Moment einsetzen und sie mit sich fortschwemmen würde, über den Rand der Welt hinaus in die Unendlichkeit des Universums, in der es keinen Schmerz und keine Trauer gab. Daphnes Haut spannte sich über ihr Gesicht, mürb von den Einschlaglöchern des Regens, der sich wie eisharter Hagel anfühlte, bis sie bemerkte, dass die Luft vollkommen klar und trocken war. Und sie begann zu laufen.

Inti wartete am Pumafelsen auf sie, vollkommen unversehrt und mit demselben, ernsten Gesichtsausdruck wie immer, doch seine Augen waren weich und voll Licht. Daphnes Herz drehte sich schmerzhaft um seine eigene Achse, immer weiter, wie um sich aus dieser wunden, wehklagenden Brust herauszureissen. Sie wollte lachen, tanzen, ihm in die Arme fallen, denn er war ja da, nur wenige Meter von ihr entfernt, stand aufrecht in der Nacht und wartete auf sie. Doch gleichzeitig war er tot, lag mit einer blutenden Wunde im Wald und würde nie wieder aufstehen. Unendlich viele Gedanken gingen ihr gleichzeitig durch den Kopf, doch bevor sie auch nur einen einzigen von ihnen in eine Frage verwandelt hatte, tippte Inti ihr mit zwei Fingern an die Stirn, direkt über der linken Augenbraue, und sagte: «Nur die Neuen Menschen glauben an den Tod.» Daphne schluckte hart und bemühte sich, alle Worte in der richtigen Reihenfolge hervorzubringen, ohne dass ihre Stimme brach. «Warum hast du mich nicht mitgenommen?» Er lächelte, und in seinem Blick mischten sich Liebe, Schmerz und Bedauern in einer Weise, die Daphnes Schläfen anschwellen liess, dann ihr ganzes Haupt, ihren Hals, ihre Schultern. «Es ist im Buch des Universums festgeschrieben», sagte er nur. Daphne hob fröstelnd die Schultern, erwiderte aber nichts, in der Hoffnung, dass er weitersprechen würde – sie sehnte sich so sehr danach, seine Stimme zu hören, dass nichts anderes mehr Bedeutung hatte. Doch was er sagte, liess sie erstarren. Ihr Inneres zog sich erschrocken zusammen und breitete sich im nächsten Augenblick explosionsartig wieder aus. Wort für Wort sog sie in sich auf, gebannt und ohne auch nur die kleinste Zwischenfrage zu stellen, denn es war von immenser Bedeutung, dass sie nichts davon vergass. Wahrscheinlich gab es im ganzen Wald, ja auf der ganzen Peloponnes nicht eine Seele, die um diese Geheimnisse wusste – um die innersten Zusammenhänge des Universums.

•

DIE PROPHEZEIUNG

Am Anfang stand alles im Gleichgewicht. Tag und Nacht, Sonne und Mond, Sinnen und Fühlen, Oben und Unten. Zwei Elemente, die sich perfekt ergänzten und nur in ihrer Vereinigung Sinn machten. Um dem Menschen dieses Urprinzip verständlich zu machen, haben die Alten es die Komplementarität von Männlichem und Weiblichem genannt, denn der Mensch versteht nichts, was über ihn hinausgeht. Dies hat aber zu einem furchtbaren Irrtum geführt, zum Beginn der grossen Entfremdung. Später hat man den Elementen andere Namen gegeben, aber der Mensch hat stur daran festgehalten, dass Männer das männliche und Frauen das weibliche Prinzip verkörpern. Doch hier geht es um viel grössere, viel heiligere Zusammenhänge. In einem Reich, in dem allein die Sonne oder allein der Mond herrscht, werden alle Wesen krank, weil sie innerlich zerbrechen – nicht nur Menschen und Tiere, sondern auch Berge, Sterne und Tempel. In der Weite des Kosmos gibt es weder Tag noch Nacht, weder Licht noch Dunkelheit, denn die Gestirne beleuchten und verdunkeln nur, was der beschränkte Menschensinn erkennen kann. In der Weite des Kosmos gibt es keinen Sonnenaufgang und keinen wachsenden Mond, denn alles ist immer da, alles ist immer komplett und alles ergänzt sich in perfekter Lückenlosigkeit. Der Mensch lebt in einer riesigen

Höhle und hält die Schatten, die er an den Wänden tanzen sieht, für die letzte Wahrheit. Denn was er sehen würde, wenn er sich umdrehte, würde das Fassungsvermögen seiner Sinne übersteigen und ihn mit Wahnsinn schlagen.

Vier Mal 500 Jahre wird es dauern, bis fern von hier ein Paar von Geschwistern aus der Tiefe des Kosmos herab zur Erde kommen und aus dem Pumasee steigen wird. Sohn und Tochter der Sonne und des Mondes, werden sie an einem Ort, der mit dem Mittelpunkt der Erde und dem Zenit des Universums verbunden ist, eine mächtige Stadt bauen und ein grosses Volk gebären. Und alles wird seinen Gang nehmen, so lange die Bewohnerinnen und Bewohner dieser Welt das uralte Mysterium nicht vergessen, das in der Vereinigung der Elemente besteht. Dies allein hält den Kosmos im Gleichgewicht, denn er ist ein perfekter Organismus, in dem es weder Gut noch Böse, weder Nutzen noch Schaden gibt, sondern nur Ordnung. Alles funktioniert genau so, wie es seinem Wesen und seiner Bestimmung entspricht, und gut oder schädlich erscheint es nur dem, der in seiner Beschränktheit gefangen ist, denn er begreift den Kosmos nicht in seiner allumfassenden Gesamtheit. Dazu sind jedoch weder Menschen noch Gottheiten in der Lage, das Geheimnis liegt in der ehrfurchtsvollen Verneigung vor der Unvollkommenheit seiner eigenen Existenz.

Unsere Ahnen, die um die Beschaffenheit aller Dinge wussten, nahmen die kosmische Ordnung hin, auch wenn sie nicht alle Vorgänge im Universum mit Worten beschreiben konnten. Sie wussten, dass alles, was sie sahen, hörten, fühlten und verstanden, nur Teil der grossen Wahrheit war, und dass nichts Abgetrenntes und Vereinzeltes je Sinn ergab. Doch die Neuen Weisen missachten die anzestralen Kenntnisse und erheben das, was sie Wissenschaft nennen, über die alte, allumfassende Weisheit. Statt nach der Vereinigung allen Seins zu streben, nach der Ergänzung, nach der Zusammenführung der Urkräfte, zertrennen sie die ursprüngliche, heilige Einheit, ohne zu merken, dass diese alles, auch sie selbst, am Leben erhält. Sie bauen sich eine neue Welt, in der ihre eigenen Prinzipien gelten sollen. Doch diese beruhen auf der Zerlegung der kosmischen Kräfte, so dass der Mensch zwischen tausend Wahrheiten nur noch eine einzige sieht. Dadurch glaubt er klug zu werden, doch in Wirklichkeit wird er nur blind. Mit der Abspaltung dessen, was er den männlichen Geist nennt, obwohl genauso viele Frauen wie Männer an ihm erkranken, verengt sich sein Verständnis der Dinge radikal, während er ihn für das Mass aller Dinge hält. Indem er die Urelemente nicht nur voneinander trennt, sondern das eine über das andere stellt, trennt er sich nicht nur von der ungeheuren, mächtigen Weisheit Gaias ab, sondern tötet auch einen Teil seiner selbst, mit verheerenden Konsequenzen. Unter den Göttern ist schon länger die Rede von einer geheimen Prophezeiung, die voraussieht, dass der Mensch 5000 Jahre lang in Verblendung leben wird, bevor er zurückfindet zu seinem Ursprung, in dem er mit allem verbunden war, auch mit sich selbst. Zu dieser Zeit werden die Götter verschwunden sein, da auch sie sich zertrennen werden mit derselben gierigen Hybris wie der Mensch. Apollos Mord war nur der erste in einer unendlichen Reihe von ähnlich grausamen Akten, wobei die Verblendeten nicht realisieren, dass sie sich damit selbst verstümmeln.

In diesem entarteten Zeitalter werden Brüder ihre Schwestern verachten und Väter ihre Töchter, während sich das Weibliche verbirgt und tief ins Erdinnere zurückzieht, um nicht ausgerottet zu werden. Es steht eine Zeit bevor, in der der Mensch selbst die Mutter, die ihn am Leben erhält, vergiftet und seine eigenen Lebensadern durchtrennt. Die Prophezeiung sagt, dass tief in der Erde verborgen ein grosser Giftsee liegt, schwarz und zähflüssig, und dass der Mensch Maschinen von ungeheurer Grösse und Kraft bauen wird, mit denen er das Gift an die Erdoberfläche befördert. Urwälder, tausende von Jahren alte, heilige Bäume werden erbarmungslos gefällt werden, die Erde aufgebrochen, ohne ihre Schreie zu hören, um das schwarze Gift aus dem Boden zu holen, das sich wie eine

Verwünschung ausbreiten und Flüsse, Seen und Wiesen töten wird, eine um die andere. Doch nicht nur enorme, mächtige Maschinen wird der Mensch bauen, er wird auch alles, was existiert, immer weiter zersplittern und zerteilen, um zu verstehen, woraus der Kosmos aufgebaut ist. Er wird die Urmaterie des Lebens spalten, manipulieren und neu zusammensetzen. In dieser Zeit wird die weibliche Weisheit praktisch ganz verkümmert sein, und selbst die Frauen werden nach dem männlichen Prinzip denken, handeln und walten, die Erde und sich selbst malträtieren und glauben, die höchste Errungenschaft ihres Lebens bestehe darin, so vollständig wie möglich in die Sphäre des männlichen Geistes einzudringen, weil sie in der neuen, zutiefst entheiligten Gesellschaft nur auf diese Weise Anerkennung erhalten.

Doch der Mensch wird krank, wenn er seine eigene Vollkommenheit zerteilt. Wenn er vergisst, dass jedes Wesen die kosmischen Urelemente in sich vereint. Stellt er das eine über das andere, führt das Ungleichgewicht in seinem Inneren dazu, dass er einen Teil seiner Seele verliert und sich um ihn herum eine beklemmende, unbehagliche Energie ausbreitet, die alle Wesen in seiner Nähe in Gefahr bringt. Die Tempelpriesterinnen bewahren das Wissen, wie man verlorene, verleugnete und verachtete Seelenteile zurückholt, doch die Tempel werden bald zu Ruinen werden. Aber der Stoff, aus dem die Seelen gewoben sind, ist unvergänglich, und wer in der Lage ist, den verborgen liegenden Seelenteil eines gespaltenen Wesens zu erkennen, zu ehren und zu liebkosen, verfügt nicht nur über das, was der Mensch Heilkräfte nennt, sondern auch über die Fähigkeit, das Gleichgewicht des Kosmos wiederherzustellen.

Die Alten, die um jene Zusammenhänge wussten, übten sich regelmässig in der reinigenden und wiederbelebenden Praxis der Selbstheilung, an die immer weniger Menschen glauben, seit diejenigen ihre Künste anpreisen, die sich Medici nennen. Diese schneiden Körper auf, um ihre Funktionsweise zu untersuchen, weit davon entfernt, das innere Wesen des Lebens zu begreifen, das auf dem Gleichgewicht zwischen den kosmischen Kräften beruht. Doch das heilige innere Zusammenspiel kommt zum Stillstand, wenn sich die Seele vom Körper befreit, und statt dem Geheimnis des Lebens auf die Spur zu kommen, untersuchen sie bloss Bestandteile eines Organismus, der nur in seiner Gesamtheit Sinn macht. Kein einziges Atom unseres Körpers hat auch nur die geringste Bedeutung, wenn es nicht in Verbindung mit allen anderen Atomen steht – allein das liebevolle Geben und Nehmen, der respektvolle Austausch und die gegenseitige Anerkennung aller Partikel, die Teil unseres Wesens bilden, halten unser Leben in Gang. Wer seine Funktionsweise verstehen will, muss sich auf die Suche nach jener geheimnisvollen Formel machen, die das Zusammenspiel aller Kräfte erklärt, welche in uns wirken, und alle Wesen als Einheit begreifen, die nur in ihrem komplexen Ganzen Sinn machen. Doch das komplexeste all dieser Wesen ist der heilige weite Kosmos selbst, der alles andere in sich vereint. Die Medici versuchen, ein Auge zu kurieren, einen Fuss, eine Lunge, doch genauso wenig wie sie fähig sind, den Kosmos in seiner Gesamtheit zu erfassen, interessieren sie sich für das All des menschlichen Organismus, welcher nicht mehr als eine Abbildung des kosmischen Organismus selbst darstellt. Kein Auge, kein Fuss und keine Lunge erkrankt, wenn das innere Gleichgewicht des Menschen heil ist.

Und genauso wie in jedem Lebewesen bildet sich das Zusammenspiel der kosmischen Kräfte auch in der Gemeinschaft ab. Das, was der Mensch männlichen Geist nennt, strebt nach Vereinzelung. Die neue Lehre lobt den Individualismus als Mittel zur Erlangung von Wohl und Glück, und missachtet kollektive Lebensformen als archaischen Zustand, der überwunden werden muss. Die Weiterentwicklung, so das neue Schlagwort, das Streben nach Veränderung und rasantem Fortschritt wird die nächsten 5000 Jahre prägen, und mit jedem Jahrhundert wird der Mensch mehr das Bewusstsein verlieren, dass die anzestrale Weisheit überlebensnotwendiges Wissen birgt. Doch das Universum bewegt sich in ganz anderen Zyklen als der Mensch, und 5000 Jahre sind nicht mehr als ein Augenblick, in dem das All tief aufseufzt und wieder Luft holt. Auch wenn die Verblendung des Menschen die Welt zum Beben bringen und Millionen von Lebewesen unendliche Schmerzen zufügen wird, wird diese unheilvolle Epoche schnell an ihr Ende kommen, und der Kosmos wird in eine lange Phase des Friedens eingehen, in der auch die Seelen der Verblendeten das Wissen um ihre eigene Beschaffenheit wiedererlangen und im grossen Fluss von Wayra, der das All durchwebt, geheilt werden.

Apollo wird sich an uralte Weisheiten erinnern, die ihm zu Beginn aller Zeiten zuteil geworden sind, sich vor mir in den Staub werfen, gefoltert von Reue und Demut, und um Verzeihung flehen. Denn nur durch die Wiedervereinigung mit seinem weiblichen Seelenteil ist er ein vollständiges Wesen, das alle Fähigkeiten besitzt, die es zum Leben braucht ⸺ egal ob in der endlosen Weite des Kosmos oder auf der Erde. Auf dem langen Weg der Reflexion und der Wandlung, den jeder gehen muss, wenn seine Seele sich von der Erde befreit und wieder in den Leib des Kosmos eingeht, wird er deine Ablehnung nicht nur in ihrer ganzen Tiefe begreifen, sondern dich, geliebte Daphne, ehren und segnen wie die höchste aller Göttinnen. Denn du besitzt das Auge der Seele und die Kraft der Heilung, auch wenn du es weder in Gedanken noch in Worte fassen kannst. Als Tochter Gaias und Peneios' verfügst du über die rauschende und immer weiterfliessende, die Welt umrundende Kraft des Wassers, doch gleichzeitig über die in sich ruhende, tief verwurzelte, intuitive Weisheit von Mutter Erde. Die gebrochene Energie Apollos hat dir unerträglichen Schmerz zugefügt – jene Überheblichkeit des abgetrennten männlichen Geistes, den er so exzessiv zur Schau gestellt hat. Wie alle Lebewesen des Waldes, die noch heil und ganz sind, bist du furchtvoll vor ihm zurückgewichen. Doch du kannst mich nicht zum Mann nehmen, wenn du Apollo nicht in der Tiefe deiner Seele vergibst. Denn wir sind eins, genauso wie wir zwei sind. Das, Geliebte, *ist die grosse Aufgabe, die du zu bewältigen hast. Doch versuche nicht, sie mit dem Teil deines Wesens zu begreifen, den der Mensch Verstand nennt. Verstehen kannst du sie nur, wenn du zutiefst in den Leib Gaias eingehst, denn dann wird sich dir alles offenbaren. Hab Vertrauen, meine über alles Geliebte, denn ich bin immer bei dir. Vergiss nicht: Nur die Neuen Menschen glauben an den Tod.*

Inti wirkte vollkommen verändert, als er Daphne in die grossen Geheimnisse des Universums einweihte. Wie eine der Tempelpriesterinnen erschien er ihr, hoch aufgerichtet, grösser und beeindruckender als sie ihn je gesehen hatte. Die von vollkommener Ruhe und Sicherheit durchdrungenen, bedacht gesetzten Worte bargen eine wunderbare, beruhigende Gewissheit in sich. Die Gewissheit, dass er sich – während sein Körper kümmerlich blutend auf der Erde lag – bereits in einer ganz anderen Sphäre des Kosmos befand, in der er teilhatte an einem Wissen, das die Bewohner des Waldes nur erahnten.

HEILIGE ERNTE

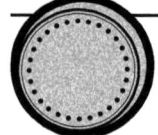

In dieser Nacht sah sie ihn durch die immense Weite einer Ebene gehen, unter der Kuppel eines kalten, sternklaren Himmels, der ihm den Weg erhellte. Er ging langsam, doch ohne innezuhalten voran, setzte unermüdlich einen Fuss vor den anderen, obwohl er aussah, als ob er weder sein Ziel noch seine Richtung kennen würde. Und Daphne sah, dass er, wie bei einer grossen, heiligen Ernte Worte aufsammelte, nach denen er ein Leben lang gesucht hatte. Wie er aus der dichten, lichtdurchtränkten Luft heraus Gewissheiten griff, denen er sich im Erdenleben noch nicht einmal mit Fragen angenähert hatte. Wie alle Zweifel in der Erde versickerten, als ob jemand die Behälter umgestossen hätte, in denen er sie aufbewahrt hatte. Das Geheimnis der höchsten Heiligkeit liess in Zeitlupe ihren Schleier fallen, und Inti stand atemlos vor ihr, durchdrungen von der Reichweite seiner Erkenntnis. Er hielt den Schlüssel zu jenem grossen, allumfassenden Wissen in der Hand, mit dem die Sterblichen rangen, solange sie nicht in die grossen Geheimnisse des Kosmos eingeweiht waren. Mit der Rückkehr in den Ursprung allen Seins lichtete sich die Schwärze ihrer durchwachten Nächte, und sie fassten Bewusstsein wie eine Erinnerung, von der sie nicht einmal gewusst hatten, dass sie in Vergessenheit geraten war. Und Inti liess Daphne teilhaben an seiner Weisheit und an seinem Glück, indem er in ihrer Brust eine Sonne aufgehen liess, die ihr ganzes Sein durchdrang und sie wie durch eine Geburtsschnur verband mit der Lichtkugel, die in seiner Brust pulsierte. Er lag im Leib des Kosmos, während Wayra ihn durchstrich.

Sie wachte auf, als, mit lautem Ästekrachen, Apollo sich so hoch vor ihr aufbaute, dass er den ganzen Horizont ausfüllte, und sagte: «Die Totenwache ist vorbei. Jetzt gehörst du mir.» Und er versuchte, sie an sich zu ziehen, immer gröber, je mehr sie sich wehrte, und eine galoppierende Panik erfasste sie. «Hilf, Vater!», schrie sie in die Abenddämmerung hinaus, «hilf, wenn ihr Flüsse die Kraft von Göttern habt!» Denn ohne zu wissen woher, drängte sich aus dem Nichts heraus das Bild der Nymphe Arethusa in ihr Bewusstsein, von der ihr Artemis erzählt hatte, und in plötzlicher, heilvoller Erleuchtung flehte sie Peneios an: «Verwandle mich, zerstör die Gestalt, durch die ich die Aufmerksamkeit des Unheilvollen auf mich gezogen habe!» Und augenblicklich befiel eine Starre ihre Glieder, und ihre Füsse wurden langsam steif, dann ihre Beine, ihr Bauch, ihr Rücken, ihre Arme, ihr Nacken und schliesslich ihr Kopf.

Als sie im Morgengrauen erwachte, spürte sie, wie sich ihre Äste sanft im Wind wiegten. Sie strichen über einen schönen, weichen Stein, der so nah an ihren Wurzeln ruhte, als ob er sich im Schlaf an sie gekuschelt hätte. Sanft streichelte sie ihn mit der weichen Unterseite ihrer Blätter, liebkoste seine Stirn und seine Wangen, seine hohen, stolzen Wangen, seine

Augen und seine Hände. Es vergingen Jahre, bis sie zum ersten Mal ihren liebenden Blick von ihm abwandte. Dann sah sie, dass über dem Ort, an dem sich seine Seele befreit hatte, die sanfte Decke wunderbaren Friedens lag. Hinter der Silhouette dunkler Bäume murmelte ein Fluss ihr Tag und Nacht beruhigende Worte zu, die sie nicht mehr verstand, seit sie das freie, einsame Leben aufgegeben hatte, das ihr erlaubt hatte, wie eine flüchtige Erscheinung durch die Flüsse ihres Vaters zu mäandrieren, und in den Schoss ihrer Mutter zurückgekehrt war, um sich in der feuchten, liebenden Erde auszustrecken und sich an der Seite ihres Geliebten niederzulassen, den sie Jahr für Jahr enger umschlang, mit jedem Frühling, der neue Wurzeln und frische Äste hervorbrachte, um ihn noch zärtlicher und aufmerksamer zu liebkosen.

Wie auf einem Opferaltar klebte sein Blut für immer an diesem Stein, der in ihrem Schatten lag, und kein Regenguss wusch die Erinnerung an Apollos grausame Tat hinweg – Apollo, den Daphne zutiefst bedauerte, denn er streifte für den Rest dieses Zeitalters stolz und herrisch in den Wäldern umher, mit einem gebrochenen Herzen, denn nicht nur Daphne hatte ihn für immer verlassen, sondern auch der Teil seines Wesens, der sich mit dem Mond, der Erde und der Seele verbinden und damit jedes Leid lindern, jedes Weh heilen konnte. Gebrochen war er, verstümmelt, wie viele andere Wesen in der Peloponnes und in anderen Teilen der Welt, doch zum Zeichen seiner Macht, seiner Unerschrockenheit und seiner Unberührbarkeit riss er zu jedem vollen Mond einen jungen, starken Zweig von Daphnes Baum und band ihn sich als Kranz um den Kopf. «Siehst du», sagte er dann kalt und triumphierend, den Blick zu ihren Wurzeln meidend, «am Ende siege ich immer.» Doch dann überkam ihn die Traurigkeit, und er flehte sie an: «Ewig ist meine Liebe wie der Kosmos, weis mich nicht weiter ab, Geliebte. Ich spüre unter der harten Rinde noch immer dein Herz schlagen, sehe deine Gestalt und dein Gesicht in der Form deiner Äste.» Und er kniete sich nieder und versuchte, sie zu küssen, doch selbst ihr Holz wich vor seinen Küssen zurück. «So soll dann der Lorbeer», resignierte er, «für den Rest dieser Zeiten mein Haar schmücken, und ich werde dich in alle Welt hinaustragen, zu Heerführern, zu den Triumphen unserer Siege und zu den langen Festzügen um die Tempel. An heiligen Pforten wirst du als Wächterin stehen und sogar der starken Eiche vorgezogen werden.» Daphne neigte ihre Krone und lächelte, dann hob sie ihren Blick zum Hügel, der sich in einigen Metern Entfernung erhob. «Vom welchen Siegen sprichst du, Apollo? Für dich gibt es keine Siege mehr, denn du hast die wichtigste Schlacht deines Lebens verloren.» Doch er konnte sie weder hören noch verstehen, denn mit der Zertrennung seines Inneren hatte er auch die Fähigkeit verloren, die Seele der Wesen zu erkennen, und nahm nur noch ihre äussere Form wahr: Wurzeln, Blätter und Äste, die sich im Wind wiegten.

Daphne dagegen war in eine Form der Existenz eingegangen, die jenseits dessen lag, was man in der Peloponnes als Leben oder Tod bezeichnete. Seit sie denken konnte, hatte sie die wundervolle, bebende Aura wahrgenommen, in die jeder Baum und jeder Busch, jede noch so kleinste Pflanze im Wald eingebunden zu sein schien. Doch nie hatte sie geahnt, wie es sich anfühlte, mit dem Boden unter sich genauso kraftvoll verbunden zu sein wie mit der Energie, die aus der Himmelskuppel strömte. Sie war nicht nur von einem unaufhörlichen Strömen durchflossen, das aus der Tiefe des Mutterschosses nach oben strebte, um sich in den Kosmos zu ergiessen, sich aufzulösen in der Vollkommenheit des Alls, sondern spürte auch, mit welch unwiderstehlicher Anziehungskraft ihre weitverzweigten Arme die kleinen, gasförmigen Tröpfchen anlockten, die aus der Weite des Universums zur Erde schwebten und zärtlich nährend durch sie hindurchflossen, um dann sanft in den Boden einzugehen. Sie hatte gesehen, wie die Luft um Bäume und Büsche herum verheissungsvoll vibrierte, aber dass auch ihr Inneres von einer ständigen, lebendigen Bewegung durchflossen war, war für keinen sichtbar, der sich ausserhalb ihrer rindigen Härte befand. Die bloss mit einer weichen Haut bedeckten Blätter dagegen empfingen das Sonnenlicht mit einer solchen Sehnsucht und Zärtlichkeit, dass Daphne konstant mit einem Summen erfüllt war, und wenn Regen fiel, weiteten sich die Poren ihrer Wurzeln in tiefer Dankbarkeit und Anbetung, um zu empfangen.

Das herbstliche Verdorren fühlte sich keineswegs an wie ein Zugrundegehen, sondern vielmehr wie das lang und lächelnd erwartete Ende eines Zyklus, der stufenlos in einen Neuanfang überging, genauso wie ein Bach nicht starb, wenn er in einen Fluss mündete, sondern sich bloss hingab in eine wundervoll erleichternde Auflösung, die sein letztes und heiligstes Mysterium barg. Wenn das trockene Laub von ihr abfiel und sich auflöste, um in die Erde einzugehen, sog sie es mit dem Durst der Wurzeln wieder zurück in ihren Stamm, und nichts von seiner strotzenden Lebenskraft ging verloren. Und eines Tages, wenn ihre Zeit gekommen war, würde auch sie langsam in sich zusammensinken und sich auflösen, doch nicht bevor aus einer ihrer Blüten ein Same niedergehen und in der sicheren Geborgenheit des dunklen Mutterschosses darauf warten würde, als Keim hervorzustossen ans Licht, das er so sehr ersehnte wie Daphne die Küsse ihres Geliebten, und der Keim würde ihr gesamtes Wesen in sich aufsaugen, so dass das neue Gewächs, das hier auf den sterblichen Überresten des alten entstand, kein anderes sein würde als wieder nur sie selbst, die sich in einem Kreislauf von ewigen

Wiedergeburten immer wieder von neuem selbst hervorbrachte. Die Weisheit eines Lorbeerbaumes, schien es, war atemberaubender und umfassender als die Weisheit der Gottheiten, die den Menschen immer ähnlicher wurden, denn Daphne verstand nunmehr nicht nur die Sprache der Sterne, sondern auch die Bedeutung des Raunens, das um sie herumstrich, wenn Inti sie im Zenit der Nacht besuchte.

NACHWORT

Kennengelernt habe ich Daphne, als ich 13 Jahre alt war, in einem Klassenzimmer mit Betonbalken an der Decke. Zum zweiten Mal begegneten wir uns zehn Jahre später in einer gartenumsäumten römischen Villa, und ich wünschte mir, ich hätte im Lateinunterricht besser aufgepasst. Ich weiss nicht mehr, wie lange ich vor ihr gestanden habe, gebannt von der Perfektion ihrer Bewegung, der Klarheit ihres Entschlusses und der unendlichen Freiheit, die sie ausstrahlte. Es war nur eine Statue, aber es war, als würde der Mythos lebendig. Damals begann ich, mich mit Daphne zu identifizieren – mit der Frau, die sich nicht binden will, weil sie sich selbst genug ist. Die lieber in einen Baum verwandelt wird, als sich dem Verehrer hinzugeben, der von ihr Besitz ergreifen und sie in ein Gesellschaftssystem hineinpressen will, in welchem eine unabhängige Frau bestenfalls als Affront gilt.

Sieben Jahre später suchte ich Daphne an dem Ort auf, an dem der Sage nach ihr unheilvolles Zusammentreffen mit Apollo stattgefunden hat – in einem Hain in Antiochien in der heutigen Türkei. Ich war bitter enttäuscht. Einen Teegarten hatte man angelegt zwischen den Wasserfällen, hübsch dekoriert, doch ohne eine Spur des Zaubers, der dem Ort innegewohnt haben muss, als noch Nymphen und Götter ihn bevölkerten.

Erst vor fünf Jahren lernte ich Daphne dann wirklich kennen. Ihr in der physischen Welt zu begegnen, hatte sich als unmöglich erwiesen, egal wohin ich fuhr – doch als ich meine erste schamanische Reise [1] unternahm, war Daphne die erste Figur, die mir begegnete. Als ob sie all die Jahre auf mich gewartet hätte, an einem Ort ausserhalb von Raum und Zeit, in der Tiefe meines Inneren oder im Bauch des Kosmos, was im Grunde ein und dasselbe ist. Wir durchwanderten Gärten, Wälder, Flüsse und Tempel, und sie war mir bald näher als die Schwester, die ich mir immer gewünscht hatte – so nah, dass ich nicht mehr wusste, ob wir in Wirklichkeit nicht ein und dasselbe Wesen waren. Damals beschloss ich, dieses Buch zu schreiben.

Doch dies ist nicht irgendein Buch, nicht irgendeine Geschichte. Sie aufzuschreiben, war elementar für mich, denn ich hoffte, dass sie mir helfen würde, mich selbst besser zu verstehen. Zu verstehen, warum es mir so schwerfällt, mich an einen anderen Menschen zu binden. Warum ich, seit ich denken kann, das Gefühl habe, nur richtig bei mir zu sein, wenn ich allein bin. Warum ich mich, wenn ich allein bin,

---

[1] Beim schamanischen Reisen versetzt man sich in einen meditativen Bewusstseinszustand, um in eine andere Ebene der Wirklichkeit zu gelangen und mit verschiedenen Wesen in Kontakt zu treten, zum Beispiel mit seinen Ahninnen und Ahnen, seinem Krafttier oder einem früheren oder zukünftigen Selbst. Dadurch kann man teilweise über Generationen hinweg vererbte Traumata lösen, die zu wiederkehrenden Verhaltensmustern, unerklärbaren Phobien sowie zu psychischen oder physischen Erkrankungen führen können.

viel weniger allein fühle als wenn ich nicht allein bin. Ich war sicher: Wenn es jemanden gab, der mir diese Fragen beantworten konnte, war es Daphne. Ich wusste nicht, wohin diese Geschichte führen und wie sie enden würde, denn bei dieser Art von Schreiben hat man als Autorin nichts zu sagen. Man sieht nur zu und zeichnet auf. Als ob sich einem der Zugang zum Wissen von Jahrtausenden eröffnen würde, ohne dass man weiss, wie, warum oder wozu.

Als Daphne sich verliebt hat, war ich verwirrt und auch ein bisschen enttäuscht, doch ich wusste nicht, ob von ihr oder von mir selbst. Wenn Daphne sich trotz allem, entgegen der Überlieferung und wider besseren Wissens, an einen Mann band, machte das alles keinen Sinn – weder ihr Leben noch meins. Etwas in mir sträubte sich, zu erfahren, wie es weiterging, und ich liess das Buch fast ein Jahr lang ruhen. Doch dann passierte etwas, was die Bedeutung all dessen auf einen Schlag erklärte: Ich selbst begegnete der Seele, die sich mit meiner eigenen zu einem so lückenlosen Ganzen verband, dass alle Zweifel hinfällig wurden. Wie Daphne und Inti kamen Juan und ich aus zwei vollkommen unterschiedlichen Welten – der Indigene und die Weisse. Viele zweifelten daran, dass dies funktionieren würde, doch wir gingen einen Bund ein, der stärker war als derjenige, zu dem man sich mit dem berühmten «bis dass der Tod uns scheidet» bekennt. In der Aymara-Kultur glaubt man, dass die Toten immer präsent sind, um ihre Geliebten zu begleiten und zu beschützen. «Die Liebe endet nicht mit dem Tod», hat Juan gesagt. «Sei nicht traurig – ich bin immer da.» Als ob er es gewusst hätte.

Am 5. März 2019 um 13:20 Uhr kollidierte das Auto, in dem er nach Cusco unterwegs war, mit einer Felswand und überschlug sich zwei Mal. Er wurde aus dem Wagen geschleudert und war sofort tot. Ich dachte, mein Leben sei zu Ende, und

es gebe nichts, was diese abgrundtiefe Trauer, diesen unendlichen Schmerz lindern könnte – nie wieder. Denn bestimmte
Wunden hinterlassen Spuren in der Seele, die man nicht nur
ein Leben lang mit sich herumträgt, sondern weit darüber
hinaus.

Mit einer schamanischen Reise in die Tiefen des eigenen
Wesens hinabzusteigen, ist wohl eine der grössten Heraus-
forderungen überhaupt, denn dabei muss man sich genau
diesen Wunden stellen, genau diesem Schmerz. Doch es ist
auch die wirkungsvollste Heilmethode, die ich kenne, denn
man dringt dabei in eine Sphäre ein, in der man nicht nur
sich selbst begegnet, sondern auch auf Wesen trifft, die einen
beschützen, begleiten und beraten. Die Schamaninnen und
Schamanen vieler indigener Kulturen glauben zum Beispiel,
dass jeder Mensch ein Krafttier hat. Mir wurde vor Jahren
gesagt, meins sei der Kolibri, welcher die Macht habe,
verlorene Seelenteile zurückzuholen sowie in Verbindung
mit den Ahnen und der Zukunft zu treten. Er stehe für die
Verbundenheit mit Sonne und Himmel, sei ein Bote der Liebe
und zeichne sich durch seine unermüdliche Ausdauer aus –
Kolibris können mehr als 24 Stunden lang ohne Pause fliegen
und 2000 Kilometer zurücklegen, ohne sich auszuruhen.

Ich war in Bolivien oft im Regenwald unterwegs und habe versucht, meinen Kolibri zu finden – doch er ist erst aufgetaucht,
als ich ihn wirklich gebraucht habe. Als Juan gestorben ist,
hat mir jemand erzählt, dass die Seele, wenn sie sich vom
Körper befreit, die Form eines Kolibris annimmt, um in den
Himmel hinaufzuflattern und in die Ewigkeit überzugehen,
denn im Augenblick des Todes verliert der Mensch exakt 21
Gramm – das Gewicht eines Kolibris. Wenige Tage später
begegnete ich ihm, dem Kolibri, den ich so lange gesucht
hatte. Er suchte mich im Garten des Landhauses auf, in das

ich mich zurückgezogen hatte, und liess sich auf dem Busch nieder, neben dem ich sass – so nah und so lang, bis ich seine Botschaft verstand.

«Hör nie auf zu schreiben», hat Juan immer gesagt. «Wenn wir deine und meine Philosophie vereinen, können wir die Welt verändern.» Dieses Buch ist ein Versuch davon. Es birgt seinen Geist und seine Weisheit, seine Seele und unsere Liebe. Insofern kann ich sagen, dass die Geschichte von Daphne und Inti eine wahre Geschichte ist – unsterblich wie der Kosmos.

Nicole Maron Oscamayta
Santa Cruz (Bolivien), 1. November 2019

REUART

Einmal zur Zeit der Kirschblüte nach Japan reisen
Den Heiler treffen, der meine Träume begleitet
Mein aufgeschürftes Herz

Tief im Amazonas steht ein Baum
An dem rotgelbe Blüten kopfüber hängen, wie in Trauer

Ein Kolibri war es, der mich gelehrt hat
Die Frucht der Trauer, Verneigung, Unterwerfung
Das nektarschwere Haupt neigt sich in Ehrfurcht vor Leben und Tod
Trauer ist nicht karg und ausgemergelt, sagt der Kolibri
Sie ist nektarschwer und übervoll

Mein aufgeschürftes Herz sehnt sich nach der Leichtigkeit der Kirschblüte
Deren Pochen nicht herabreicht bis zu den Wurzeln
Nach einem Seidenschal, der einen mit der Illusion von Pastellfarben einhüllt

Doch aus der Schwere wird geboren
Das unerträgliche Gewicht dieses sterblichen Körpers
Kettet uns an die feuchte Erde des Urwaldbodens
Die Trauer der Bäume tief im heiligen Grund
Unterirdische Krater
Wunde Wurzeln
Der Kolibri schläft auf dem dünnsten Ast

Samaipata (Bolivien), 25. März 2019

Nicole Maron Oscamayta (*1980) ist eine Schweizer Journalistin und Autorin. Seit 2017 lebt und arbeitet sie in Bolivien und Peru. Die Schwerpunkte ihrer Arbeit sind umwelt- und sozialpolitische Themen wie Flucht und Migration, globale Gerechtigkeit, De-  kolonisierung und Menschenrechte. Mit dem von ihr gegründeten **Kollektiv Pacha** setzt sie sich für solidarischen Journalismus und bewusst dekoloniale Publikationen ein. «Daphne und die Sonne» ist ihre erste Buchveröffentlichung zu einer philosophisch-spirituellen Thematik.

• www.maron.ch • www.kollektiv-pacha.com •